♥パレット文庫

少年聖夜

秀麗学院高校物語15

七海花音

小学館

主な登場人物

▲花月《かげつ》那智《なち》

涼のクラスメートで、学年副頭取。踊りの家元の跡取《あとと》り。『陰の仕事人』として、いつも涼の力になっている。

▲不破《ふわ》 涼《りよう》

高2。学年最高頭取。夜はクラブで働きながら、一人で暮らしている。まだ名前もわからない父を想《おも》い、探そうとするが…。

▲桜井《さくらい》悠里《ゆうり》

涼のクラスメート。裕福な家庭で大切に育てられた。その素直な明るさで、涼や花月との絆《きずな》を深めていく。

▲峰岸《みねぎし》優仁《ゆうじん》

IT関係の授業・施設が充実している優峰《ゆうほう》学院から、客員教師として秀麗学院にやって来た。

▲田崎《たさき》 仁《じん》

銀座の画廊のオーナー。涼を自分の本当の息子のように思い、親身に接してくれている。

イラスト／おおや和美

もくじ

〜これまでのお話『桑港少年休暇《シスコボーイズバケーション》』から〜

天涯孤独《てんがいこどく》の少年、不破涼《ふわりょう》は、会員制のナイト・クラブで働きながら、独《ひと》り暮《ぐ》らしの生活を支えている。そんな涼の夢が叶《かな》い、高二の夏、涼はアメリカはサン・フランシスコにある秀麗《しゅうれい》学院の兄弟校・グレイス校へと三週間の短期留学をすることとなった。花月《かげつ》も悠里《ゆうり》も一緒である。初めてのアメリカに感激、感動する涼たちであったが、またもやトラブルに巻き込まれてしまう。兄弟校であるグレイス校の優秀なリーダーであり、アメリカの大手自動車会社の社長の息子でもある、ジョゼフ・レノックスが、実は覚醒剤《かくせいざい》を使用していることがわかった。しかもジョゼフはそのことが元で、薬の密売人に誘拐《ゆうかい》されてしまう。ジョゼフの父親は、歴史ある大企業レノックス社の名が汚《けが》れることを恐れ、警察の助けを借りることができない。業《ごう》を煮《に》やした涼たちは、決死の覚悟で密売人のアジトへと潜入し、命からがらジョゼフを救出する。ジョゼフは自分の犯した罪《つみ》を深く反省し、生まれ変わった気持ちで人生をやり直すことを決意する。

大変な事件にかかわってしまった涼たちだが、楽しい夏期学校であった…。

秀麗学院高校物語 15

少年聖夜

手に入らないものほど、ほしくなってしまう
だけどそれはたいてい
望むほどに、遠くなるもの
本当に大切なものは、すぐそばにある
ただ近すぎて、見えなかっただけ
それに気づいた瞬間《とき》から
何かが変わり始めてゆく

視線 ～Gaze uncomfortable～

たぶん気のせいだと思う。

秀麗《しゅうれい》学院高校二年の俺、不《ふ》破涼《わりょう》は、東京・銀座《ぎんざ》のスクランブル交差点を足早に渡りながら、一瞬後ろを振り向いた。

地下鉄の駅を出た時から、誰かに執拗《しつよう》に見られているような気がしてしようがなかったのだ。

振り向いたそこは、人、人、人で溢《あふ》れ返っている。右に左に、前に後ろに、誰もが思い思いの方向へと、忙《せわ》しない。

この中の誰かが、俺を見ている？

そんなこと、あるわけないじゃないか。

誰も俺になんて注目してない。するはずがない。

なのにどうして俺は、こんなに神経質になってしまうのだろうか。

たぶん…あの…一昨日《おととい》発売された、雑誌のせいだろう。

俺は女子中高生向けのファッション雑誌に、実名と学校名を上げられ、隠《かく》し撮《ど》りされた自分の写真をでかでかと掲載されてしまったからだ。

それは『全国の人気男子高校生図鑑』というどうでもいい特集で、あろうことか巻頭を飾《かざ》っていたのが俺だった。

それを教えてくれたのは秀麗学院の同級生で、彼は一つ下の妹を持っていた。

その妹が買った雑誌に兄と同じ高校の生徒——つまり俺が載《の》っていたことから、事の次第を知ることになった。

こういう本意でない露出は過去に数回あったが、今回の写真は今までのようなシロウトが遊び半分に撮ったものとはまるで異なっていた。プロが撮影したかのように、鮮明ではっきりしていて、誰が見ても俺だということが容易に判断できる写真だ。

こういうのって、本当に困る——。

俺は余りにも多くの秘密を抱えているので、自分のことが事細《ことこま》かに世間に知られてしまうのは、何よりも危険であるということをよく知っている。

なんでこれだけおとなしくひっそりと生きているのに、そっとしておいてくれないのだろう。

そしてどうして本人の許可なく、勝手にこういうことをするのだろうか。

かと言って、出版社に文句を言うわけにもいかない。そんなことを言おうものなら、さらに問題は広がって、新たなる墓穴《ぼけつ》を掘りそうだ。

でも…人の噂《うわさ》も七十五日と言う…。

今は時代の流れが速いので、俺の情報なんて、もっと早く忘却《ぼうきゃく》の彼方《かなた》に押しやられることだろう。そう願ってる。

それにあれは隔週誌だったから、あと一週間ちょっとすれば、女子中高生らはまた新しい次の話題に夢中になることだろう。

だからこんな嫌なこと、忘れてしまおう。

だって、悩んだってもうどうにもならない。

そうわかっていながら、つい深くため息をついてしまった。

そんな時だった——。


「涼…？　涼じゃないか…」

交差点を渡りきったところで、誰かが俺を呼ぶ声がした。

突然のことにドキッとしながら、俺は辺りを見回し、しかし心を落ち着けてみれば、その聞き覚えのある声が誰のものかはすぐにわかった。

お父さんだ——。

気持ちがぱっと明るくなる。

「ああ…やっぱり涼じゃないか…。私に会いに来てくれたんだね？　画廊をもうちょっと早く出ていたら、うっかりすれ違うところだった。実は私はこれから『和光《わこう》』に時計を修理に行くところなんだよ」

和光——銀座四丁目にある、老舗《しにせ》宝飾店だ。

高級時計、宝石、鞄《かばん》、衣服等を取り扱っている。

お父さんの経営する画廊から、そう遠く離れていない。

「でも、時計の修理はまたにしようね。せっかくこうして涼に会えたんだ。そうだ、涼、まだ時間が早いけど、夕食に出かけようか？」

ロマンス・グレーの品のいい髪。仕立ての良い上品なスーツ。

あっ、俺が去年のクリスマスにあげたネクタイを締めているっ。お世辞じゃなく本当に気に入ってくれていたんだ。

還暦《かんれき》を過ぎたとはとても見えない元気そうな顔で、お父さんはにこにこしていた。

その笑顔を見て、俺は心底ほっとする。

先程までの何かしら不穏《ふおん》な気持ちはすっかり消えていた。

誰かに見られているなんて、考え過ぎだった。

そうだ…ひょっとして…もしかして、お父さんが俺のことを見ていたのかもしれない。

いや…でも、視線は背後からくるものだった。

お父さんは、俺の真正面からやって来た。

方角がまったく違う。

「どうした涼、こんなに寒いのにコートも着ないで…。もう十一月なんだ。風邪《かぜ》をひいてしまうよ」

お父さんの笑顔が突然、心配顔に変わっていた。

そしてすぐ自分が身につけているマフラーを外すと、俺の首に巻いてくれる。

あったかい……。

血の繋《つな》がりはまったくないのに、俺のことを本当の息子《むすこ》のように可愛《かわい》がってくれる人がこの世にいる。

目の前でほほ笑んでいるその人は、銀座の画廊のオーナー、田崎《たさき》社長だった。

出逢《であ》ったのは、去年の二月。俺はまだ中学三年で、その卒業間近のことだった。

俺が働き始めた会員制の高級クラブに、田崎さんはお客さんとして来ていた。

その田崎さんは、出逢った時から俺にずっと優しくしてくれて、いつも親切で、気にかけてくれて――。

どうしてこんな見ず知らずの俺によくしてくれるんだろうって、不思議に思ってた。

それは田崎さんの一人息子さんが、俺にそっくりだったからだ。でも、その息子さんは、残念なことに二十数年前、高校二年の若さで、交通事故で亡《な》くなっていた。

写真を見せてもらったが、俺でさえ自分じゃないかと思うくらいにそっくりだった。

他人の空似《そらに》ってあるんだ…。

田崎さんの奥さんは、その息子さんを生んだ時、産後の肥立《ひだ》ちが悪く、亡くなってしまっている。

奥さん、そして後に高二の息子さんを亡くされてから、田崎さんはずっと一人だった。

そして俺に父親はいない。

俺は私生児として生まれ、母親の手一つで育てられたが、そのたった一人の肉親も俺が小学校五年の春に急逝《きゅうせい》してしまった。

母は俺のために働いて、働いて、風邪をこじらせ肺炎を併発させると、高熱にうかされあっけなく逝《い》ってしまった。

花冷えのする春のことだった。

何をそんなに急いだのか、母は慌ててこの世から去ってしまった。

俺はまだ何の親孝行もしてなかったのに——。

結局母は最後まで、俺に自分の父親のことを教えてはくれなかった。

だからその人が今、どこで、何をして、どうしているのか、または生きているのかどうかすらもわからない。

でもたぶん、その人は生きていると思う。

生きているから、その人に迷惑がかかってしまうのを嫌って、母は俺に父親のことを言うことができなかった。

でも、とてもその人のことを愛していた。

でないと、自分の人生がとてつもなく大変になるのがわかっていながら、一人で俺を生む決心なんかできなかったはずだ。

結局、俺は母と十年しか一緒に暮らすことができなかったが、その十年、母はいつも幸せそうだった。

俺の中に、誰かを見つけては、本当に幸せそうだった。

生活は楽ではなかったけど、俺はいつも心から満ち足りていた。

俺は自分が母に望まれて生まれてきたことを、小さいながらも、ちゃんとわかっていたからだ。

でも…できれば…母にはもっともっと長生きしてほしかった。

なんの贅沢《ぜいたく》もしなくてよかった。

ただ、そこに母がいれば、よかった。

それが人生最大の贅沢だったということが、母が亡くなってからわかった。


そして一人になってしまった後、俺は母の異母兄である伯父《おじ》に引き取られた。

そこの家業である牛乳屋さんを手伝いながら、中学三年まで一緒に住まわせてもらった。

しかし伯父の家も決して裕福ではなかったので、それも中学卒業までのことで、高校入学と同時に、俺は独《ひと》り暮らしを始めることになった。

それが伯父さんの家に引き取ってもらう時の約束だったから。


だから俺は中三の秋頃から、受験勉強の合間に仕事を見つけようと、あちこちを必死で駆けずり回った。

中学を卒業したら、もう本当に一人で生きていかないといけないことがわかっていたので、受験よりなにより、仕事を見つけることが先決だった。

でも東京・神奈川と奔走《ほんそう》したが、当時十五歳になるかならないかの俺においそれと仕事をくれるような店、あるいは会社はなかった。

世の中は前代未聞の不況で、リストラの嵐が吹き荒れていたからだ。

俺みたいに何の後ろ盾《だて》もなく、しかも保護者となる親もいない未成年に、仕事を与えられるほど、世の中には余裕がなかった。

そしてとうとう年が明け、受験本番の二月に入ったが、仕事はまったく決まらなかった。

受験を終え、せっかく東京屈指の名門校・秀麗学院にトップ合格して、入学金及び一学期の授業料が免除になっても、仕事が見つからなくてはせっかくの高校も通うことができないと、半ば進学を諦《あきら》めかけていた時、今働いている会員制高級クラブのママに救ってもらった。

霙《みぞれ》まじりの本当に寒い夜だった。

俺はこれから先どうやって生きていっていいのかわからなくなっていて、とうとう自分のことを十八歳だと偽《いつわ》り、ママのお店で雇ってもらうと、フロア・ボーイとして働き始めた。

嘘《うそ》をつくのはいけないのはわかっていたが、あれはあの時、生きるためにはどうしても必要な嘘だった。

きっと神様は許《ゆる》してくれると思った。

母さんだって、許してくれると思った。

でも実は、どんなに俺の顔が大人びていようとも、ママは俺が年をごまかしたことくらい、ちゃんとわかっていた。

わかっていて、目を瞑《つむ》り、俺を助けてくれた。

それからもう、一年九カ月も経《た》っている。

じきに年末がやって来る。

あの頃、卒業間近の中三で路頭に迷っていた俺も、もう高二の二学期だ。

それまで色々と大変なことも多かったが、今もこうして元気に高校に通えてる。

食事も三度三度きちんと、何とか食べることができている。

職業に貴賤《きせん》なんてない。

水商売であれなんであれ、夜のクラブの仕事が今の俺の生活を支え、生かしてくれている。

俺はその店で、どれほど大勢の人に出逢い、助けてもらってきたか。

ママの店で雇ってもらえることがなかったら、たぶん今の俺はいなかったと思う。

そう考えると、人生はつくづく巡《めぐ》り逢いだと思う。

中三の秋から冬へと仕事が見つからず路頭に迷ったことは、結局最後にあの店で、田崎のお父さんやママに出逢うためだったということが、今ならよくわかる。


「仕事に行く前に、時間があったから…お父さん、どうしてるかなと思って…。連絡もしないで突然訪ねて、すみません」

俺にマフラーを巻き終わったお父さんは、ちょっと不本意な顔をする。

「涼、何を言ってるんだよ…。子供が親の店を訪ねて行くのに、連絡なんてする必要はないだろ？　涼はいつでも好きな時に来たらいい。遠慮なんてされたら私は寂《さび》しいよ」

お父さんは真顔で、俺のことをいつも自分の子供だと言ってくれる。

本当にそうであるかのように、私の息子、私の子供と何度も繰り返してくれる。

だから俺も田崎さんのことを、お父さんと呼んでいる。

それに今ではもう本当に田崎さんのことを、自分のお父さんのように思っている。

信じられる優しい大人が、こうして側《そば》にいてくれることは、俺にとって本当に幸せなことだった。

大事なのは血の繋《つな》がりなんかじゃない。

人と人との心の繋がりだった。


「ほら、涼、実はお父さん、さっき画廊の近くの書店でこれを買ってしまったよ。よく撮れてるじゃないか…。これはまるでプロのカメラマンが撮ったようだね。レジのお嬢さんに、このコは私の息子でね、ってつい自慢してしまったよ…」

突然、テレ笑いをするお父さんだったが…な、なんと、抱えていた書店の紙袋から出したのは…俺が載っている、その例の、あの女子中高生向けのファッション雑誌じゃないか！

俺が昨日《きのう》電話で、自分の写真を雑誌に無断掲載されたことをぼろっと愚痴《ぐち》ってしまったから、きっと心配になって書店にチェックしに行ったんだろうけど…何も買わなくても…。

「巻頭カラーだなんて、すごいね…。『不破涼…今世紀最後の美少年…超絶クール・ビューティー。日本一悩ましい十六歳。名門秀麗学院高校のキレもの学年最高頭取』か…。うーん、悩ましいっていう表現はどうかと思うけど、全体的には真実をついてるね…」

………………。

「あっ、涼はこういう雑誌…嫌いだったんだよね…あ…いや…お父さんは、その…涼の写真が出ていると思って、つい…買ってしまったんだ…。普段の学校での涼の顔が見られると思って…」

よく見ると…その書店の袋の中には、同じ雑誌がまだ数冊入っているじゃないか。

言ってくれれば、俺の写真なんていくらでもあげるのに…。

できれば…そんな…しようもない雑誌は…無視してほしかった…。

「りょ…涼…お…お父さんのこと…怒ってるの…かい…?」

絶句している俺に、お父さんはおろおろし始める。

「わ…悪かったね、涼…涼はこういう表立った扱われ方は好きじゃないのに…お父さん…涼の気持ちも考えないで…」

お父さんは突然、しゅん、としてしまう。

「あっ…ち…違います、お父さん…俺…怒ってるわけじゃないんです…。お父さんも知っての通り、俺は…色々と、学校や友達に秘密にしていることがあるから、こうやって身元が明らかになると、どこから情報が漏《も》れてしまうかわからないから…なんだか心配で…」

秀麗学院は本当にいい学校だけど、生徒のアルバイトは一切禁止だ。

もし、その規律を破るようなことがあれば、軽くて停学、通常は退学だ。

俺の場合は、高校生にあるまじき水商売だし、労働基準法をまったく無視しているので、どんなに言い訳しようとも、退学は免《まぬが》れないだろう。

その上、秀麗は生徒の独り暮らしも認めていない。親元から学校に通うのが原則だ。

親のいない俺は、今でも神奈川の海辺の町にある伯父の家に住まわせてもらっているということで、伯父に口裏を合わせてもらっている。

とにかく、どんな事情があろうとも、独りで暮らしていることがバレれば、やはり退学となる。

その二大規律を大幅に破っている俺は、いつだって薄氷《はくひょう》を踏むような生活だ。

油断した瞬間、水の中に沈んでゆく。


「でも、涼はお父さんの自慢なんだよ…。だってこのコは私の息子なんだ。記念に持っておきたいじゃないか。普通、親だったら、自分の息子が雑誌に出れば、嬉《うれ》しいからね…。でも、悪かったね、涼…お父さん、考えなしだったね…」

親って…普通…こういうこと…嬉しかったりするのか…。

「なあ、でも、涼…大丈夫だよ…何も起こりはしないよ。もし何かあったとしても、私がいるんだ。私が涼のことを守るから、何の心配もいらないよ…」

優しい声で、お父さんはそう言ってくれる。

すると、何となく不安だった気持ちが徐々に消えてゆく。

そうか…そうなんだ…俺はきっと今日、お父さんにそう言ってもらいたくて、放課後急いでお父さんに会いに来たのだろう。何も心配することはないよって、たかが雑誌にちょっと写真が載ったくらいで、何も起こりはしないよって。

「でも、お父さん…どうしてそんな同じ雑誌を…何冊も…それは買い過ぎです…。第一、これから時計を修理に行こうとしている人が、重たいのに…。どうして帰りがけに買おうとか思わなかったんですか…」

気持ちが軽くなると、ようやく俺にも笑顔が戻ってゆく。

そして、その雑誌の入った書店の袋をお父さんの代わりに持ってあげる。

中を覗《のぞ》くと……。

一、二、三…あ…やっぱり三冊も買っている…。

「だって涼、ものすごい勢いで売れてたんだよ…。帰りだと、売り切れてしまうかと思ってね…。一冊は保存用、もう一冊は画廊に置いて、お客さんに読んでもらうため、そして最後の一冊はお父さん用なんだ…。ほら、この学校帰りの制服姿で友達とはしゃいでいる顔なんて、よく撮れていると思わないか？　涼はこんな無邪気《むじゃき》な顔もするんだね…」

お父さんが真剣な顔をして言うから、俺はとうとう噴き出してしまった。

そしてスクランブル交差点はまた賑《にぎ》やかに青になる。

「そんな雑誌…すぐには売り切れたりしませんよ…。それよりお父さん、とにかく時計を修理に行きましょう」

「いや、だから、時計はまた明日でもいい。せっかくこうして涼に会えたのだから、私はもっとゆっくりしながら、涼と食事でもしたいよ…。そういえば、なんだか段々とおなかがすいてきたね…」

俺は笑顔になり、渡り切ったところのスクランブル交差点をまた、今度はお父さんと並んで戻ってゆく。

たわいない話をしながら、暮れてゆく銀座をゆっくりゆっくり歩いてゆく。

俺たちはきっと、誰が見ても、本物の親子のようだろう。

それが嬉しくて――そんな些細《ささい》なことが嬉しくて、俺は今、時間が止まってしまえばいいと思っていた。

お父さんには、ずっと元気で長生きしてほしい。

今度こそちゃんと親孝行がしたいから――。

少年は日々戦う　～Boys need to battle everyday～

翌日、土曜日――学校に行き、二年G組の扉《とびら》を開けると――。

遠くから猛ダッシュで駆け寄ってくる長身・長髪の美丈夫《びじょうふ》がいた。

その彼は、今日も俺を目がけてまっしぐらだ。

「不破っ、来年からはもう、秀麗プリンスなんて、廃止です。廃止っ！　あんな下らない祭りのために、不破の将来がめちゃくちゃにされるなんて、冗談《じょうだん》じゃありませんっ！　この花月、今回という今回は迂闊《うかつ》でしたっ！」

先日発売された例の女子中高生御用達《ごようたし》ファッション誌を片手に丸めながら、俺にぎゅーっと抱きついて離れないのは、日舞のお家元の一人息子――その名を花月那智《かげつなち》と言う。

この彼独特の西洋人的挨拶《あいさつ》形態は、俺の秀麗学院入学当初から続いている――彼にとっては親愛の情を込めた毎朝の日課らしいので、俺としてはそれを振りほどこうとか、離してもらおうとか、そういう無駄な努力はしない。

とにかく、させたいようにさせている。

だって抵抗したって、無駄なのだ。

彼は一見、いかにも線が細そうで、加えて一匹の虫も殺せないような顔をして、実は不必要なまでに腕っ節が強い人だからだ。

「不破、こんなことくらいで、負けちゃいけませんよっ、わかってますよねっ!? 私に睨《にら》まれたら最後、この雑誌を発行させた出版社の人間、アーンドこの写真を勝手に撮った張本人をまとめて仲良く『三途《さんず》の川を渡らせるフリー・ツアー』に参加させて差し上げる予定ですからっ」

言葉は丁寧《ていねい》だが、言っている内容は手がつけられない。

しかしこの友人は憤《いきどお》りながらも、将来、日本舞踊で生きていく決心をしているだけあり、そこはかとなく品が良く、立ち居振る舞いも艶《あで》やかで、ハッとするほど綺麗《きれい》な顔形をしている。

しかし…その見た目に騙《だま》されると大変なことになる。

彼こそ、秀麗学院『陰の仕事人』とか『闇《やみ》の仕置き人』とか『目で殺す那智さま』とか呼ばれている、筋金入りの裏の始末屋だった…。

しかしその怖いもの知らずの彼のお陰で、俺は今まで何度、危ないところを助けてもらったか…。

ゆえにすっかり頭が上がらない、今日この頃だ。

でもきっとこれから先、たぶん地球上のどこを探したって、こんなすごい親友とは巡り逢えないと思う。

だから大切にしないといけない。

「なっちゃんっ！　またそーゆー涼ちゃんのピンチをきっかけに、なにげにその美少年パワーを吸い取ろうとするのは、やめてくれるっ？　涼ちゃんだって苦しいだろうし、なんか、人生勢いがあればすべて何とかなるだろうっていう不言即実行的危険思想は、僕、僭越《せんえつ》ながら、ゼッタイ間違ってると思うよっ」

あっ…俺と一緒に登校した、小学校五年の時からの幼なじみ、中学も一緒だった桜井《さくらい》悠里《ゆうり》が――これもまた朝の日課なのだけど――抱きついている花月を俺から引き離そうと懸命になっている。

無駄な行動とわかっていながら、この同級生も諦めない。

そういう根性は花月といい勝負である。

そして花月には腕っ節で敵《かな》わない分、言葉に妙《みょう》なパワーを込める。

口でこの人に敵う人はいない。

「悠里、不破の美少年パワーは減るものではないのですよ。それどころかそのパワーは毎日毎時間そして毎秒ごとに増大しているのです。そう、だからこんな私ごときが抱きついたところで、その不破の神々《こうごう》しさが支障《ししょう》を来《きた》すことはないのです。それどころか、不破はさらにさらに磨きがかかっている今日この頃ではないですか？」

「そ…そんなの…知ってるよっ…。だっ、だから…だからっ、こんな写真を何枚も何枚も掲載されちゃったんでしょっ！　僕、なんか心配っ…。どうして僕、今年の秀麗祭の時、もっと気をつけてあげなかったんだろうと、今、自分の不甲斐《ふがい》なさがほとほと嫌になってるんだよっ…」

ハッ…悠里の声にツヤがなくなっているっ。

しかも…あの大きな真ん丸の茶色の目が、涙でいっぱいになっているじゃないかっ。

こ…これは相当マズい…かも…。

悲しそうな悠里を見るのが、何よりも辛い俺だった。

悠里はいつも優しくて、明るくて、にこにこしてて。一緒にいるだけで幸せな気持ちにさせてくれる、俺にとってはやはり、花月同様、大切な友人だ。

その友人は、先天性の心臓病と長いこと闘い、去年、高一の夏に手術を受けた体だった。

昔は体育の授業のほとんどを見学していた悠里だが、手術後は、日に日に体力をつけ、今や普通の生徒とほぼ変わらない生活ができるまでに回復した。

これは悠里にとっては、本当にものすごいことだった。

しかしもちろん、今でも気をつけてあげないといけない体だ。

その悠里が、俺ごときのことで、こんなに落ち込んでしまって…。

俺としてはどうしたらいいのだ…こういう場合…。

「ゆ…悠里…ごめんなさいっ、私、今朝《けさ》もまたもや度を越してましたね…。あなたの言う通り、私、不破のピンチをきっかけに、好き放題をし過ぎてました。だってほら、今朝の不破が、いつもよりやや多めに憂《うれ》いを帯びているような気がしたもので…。こんな私でよかったら、元気をわけてあげたいと思うのが親心でしょう？」

花月がどうでもいい話で悠里を宥《なだ》めようとしている。

しかし、そういうことではないと思う。

度を越していると思うのだったら、まず俺を自由にするのが先決ではないだろうか。

「あっ…不破…どうしました…？　一キロ半ほど痩《や》せてますね…昨夜《ゆうべ》はまた、徹夜で勉強していたのですか？」

花月…抱きつきながら人の体重測ってどうする…。

「しかも体脂肪率は五〜七パーセントまで落ちている…。いくら体を鍛《きた》えているからといって、その体脂肪率は低すぎます。もう少し脂《あぶら》がのってこないと、この冬は越せませんよ」

どうして仕事人は、人の体脂肪までわかるんだ…。

俺ですら、そんなものは測ったことがないのに。

「えっ！　そ、そーなの、なっちゃんっ⁉　その涼ちゃんの体脂肪の数値って、いくらなんでも低すぎるよね。それにどーして、一晩で一キロ半も痩せちゃってるのっ？　それってやっぱり過度な心労からくるものなのっ？」

ようやく花月が俺を自由にしてくれる。

ああ…呼吸が…呼吸が楽だ…。

これも毎朝のことなので、ある程度慣《な》れてきたとはいえ、やはり苦しかった。

これほどまでの力を所持している相棒は、将来ただの日舞の踊り手にするのは、もったいないような気がする…。

「お願い、なっちゃん、そこんとこもっと詳しく説明してっ。昨夜いったい涼ちゃんに何があったのっ⁉」

あ…あれ…？　それよりさっきまで落ち込み加減にあった悠里が、今やすっかり真剣な眼《まな》差《ざ》しで花月と話しこんでいる。

瞳《ひとみ》いっぱいになっていた涙もすっかりひいている。

取り敢《あ》えず泣かないでくれてよかったが…。

「悠里、私が思うには、昨日はほら、不破は放課後、田崎のお父さんに会いに行かれましたでしょう？　それで恐らく、二人で銀座のどこかで早めの夕食を召し上がったと思うんですよ。お父さんは和食党ですし、きっと上品な、且《か》つカロリー控え目の懐石《かいせき》料理か何かを食べたのでしょうね」

そ…そうだ…その通りだ…。

な…なんで…花月は…そこまでわかるんだ。

「そしてその後、ほら、不破は夜のお仕事がありますでしょう？　昨日はかきいれ時の金曜日でしたし」

花月の言う通り、俺は月・水・金の晩、六時から深夜に至るまで、例の会員制のナイト・クラブでフロア・ボーイとして働かせてもらっている。

時給がいいので毎晩働かなくても済み、これは何よりもありがたいことだった。

働かない日は勉強の時間に当てられる。

勉強していないと、学年三位から転がり落ち、あっと言う間に奨学金を受けられなくなってしまう。

すると必死の思いで入学した秀麗学院も、当然通うことができなくなる。

もちろん夜の仕事をしていることは極秘事項なので、花月は今、そのことに関しては極力小声で話している。

聞いている悠里も、うんうん、と小さく頷《うなず》くだけだ。

この二人はとにかく、常に俺の事細かな情報をよく摑んでいる。

そして何だかんだと言いながら、非常に気が合っているのも事実だ。

「不破はとにかく昨日、お父さんと一緒にいい夕食を召し上がってらっしゃるから、そこで良質のエネルギーを摂取し、その後、夜、お店でバリバリ頑張って働いたのだと思いますよ。それはベツにいいことですし、何の問題もありません」

「うん…だから、なっちゃん、結論はどーなの？　話が長いね」

「懐石料理は、人々の心身隅々《すみずみ》にまで満足感を与えますが、あれは豪華《ごうか》でありながら、実はかなりさっぱりしたものですから、数時間ですぐに消化してしまうのです」

「おなかがすくんだよね」

「そーです。でもそれに気づかない不破は、それでも自分は今日は御馳走《ごちそう》を食べたから、もうこれ以上食べてはいけない、それは人としてあまりにも贅沢だ、と自分勝手に間違ったカロリー計算をしたまま帰宅し、可愛がっている自分の猫には、夜食をあげつつ、本人は何も口にせず、即、本日の予習に入って、気づくと明け方…そういう一夜を過ごしてしまったに相違ありません。でないと一日で一キロ半も痩せるはずがないのです」

すごい…すごすぎる花月…。

昨日ひょっとして俺の後をずっとつけていて、俺の一部始終を見ていたのではないだろうか…。

だってその通りなのだ…花月の言った通りすぎて、俺はもう言葉が出ない。

あっ…ひょっとして昨日銀座の地下鉄の駅を出たところから、ずっと感じていたあの視線は、花月だったのだろうか…。

それだったらなんだかすべて納得だ。

「なっちゃん…ごめんね…僕、さっきちょっとやきもち焼いちゃったけど、なっちゃんが毎朝、そうやって涼ちゃんをぎゅうっと抱きしめるのは、ただ単に許されざる邪《よこしま》な感情からのみするわけじゃないってことが、つくづくわかったよ。なっちゃんは、心から涼ちゃんが心配で、精神面から肉体的変化まで見逃すまいと、そういう度を越したスキンシップの力を借りることによって、今日の涼ちゃんの幸せを守ろうと必死だったんだね」

悠里…何を朝から深く納得しているんだ…。

それに喋《しゃべ》る時、あまり息継ぎをせず一気に長い文を話しているようだが、大丈夫《だいじょうぶ》だろうか？

それともそれは悠里の心臓が日々良くなって、肺活量も増えて、元気になったという何よりの証拠なのだろうか？

ということは、俺はそれを喜ばないといけないということだ。

いや…今はそういう話じゃなかった。

どうして花月は俺のことをそこまで事細かにわかってしまうかということだった。

「不破、今私が言ったことは、どこか間違っておりますでしょうか？」

エスパーのようなキラリとした目で、花月が俺に逆に尋《たず》ねる。

「あ…いや…その通りだ…。でも花月、お前は昨日、踊りと三味線《しゃみせん》のお稽古《けいこ》の掛け持ちで、忙しかったんじゃなかったのか？」

だから相棒は俺の後をつけるほど暇《ひま》じゃなかった。

じゃあ…しかしいったいどうして、こうも見事に俺の行動を把握《はあく》できるのだ。

「私はどこにいても不破のことなら、だいたいわかってしまうのですよ。ふふふ…」

仕事人は不敵に且つ満足そうに笑っていた。

「でも、じゃあどーして那智くんは、毎朝毎朝そーやって平気で背を向けたまま、好き勝手なトークに邁進《まいしん》し、担任が教室に入っていることすらわかんないかね…」

あっ、悠里はとっくにいなくなって、最前列の自分の席にきちんと座っている。

悠里だけじゃないっ。クラス中が着席していた。

教室の後ろでふらふら立って話し込んでいたのは、俺と花月の二人だけだった。

担任はすでにホームルームに現れている。

クラス中が、肩を震わせて笑いを堪《こら》えているのがわかる。

しまった――！

「鹿内《しかうち》先生、すみませんっ、おはようございますっ」

俺はすぐに、最後部の席に走ってゆく。

「いいよいいよ――不破くんのせいじゃないってことは、先生、重々わかってるからね…。どうせまた那智くんが、難しい話をしつつ、不破くんを色々と混乱させて楽しんでいたんだろ？」

この担任も…長年、教師をしているだけあって、状況をよく読んでいる。

「先生、それは違います…私は不破学年最高頭取と、今後の秀麗学院祭の在り方について、真剣に話し合っていたのです。来年からの秀麗祭には家族・親族・友人以外の部外者は一切入場をお断《ことわ》りしたいと思うのです」

花月…いきなり…そんな話…初めて…聞いたぞ…。

「いいですか鹿内先生っ、今年の秀麗祭には、あきらかにプロのカメラマンが極秘で潜入しておりました。そして彼は、あるいは、その人は女性かもしれませんが、不破を隠し撮りで、撮って撮って撮りまくったのですっ。先生もご存じの通り、我が秀麗祭の目玉は、秀麗プリンスです。近隣の女子高三校が真剣に選び出す、秀麗その年の一番人気の美少年です。不破は昨年に引き続きまたもやそれに選ばれてしまいました。もちろんそれは、誰もが認める当然の結果ですが、その不破がプリンスとして学祭で活躍するその姿を、どこかのカメラマンはフィルムに収め、出版社に売り飛ばしたのですっ。それがこのファッション雑誌ですっ。先生だってもうご存じですよねっ」

花月は先程からぎゅっと丸めて握っているその雑誌をざっと見開く。

あ…俺が出てるページだ…。

また…暗ーい気持ちになってしまう…。

「先生だって、正門前見てわかるでしょうっ？　このところ、秀麗に集まってくる女のコの数は尋常《じんじょう》じゃありませんっ」

そうなんだ…今朝も校門突破は、大変な作業だった。

「まあ…那智くんの言う通り、確かに…集まってくる女のコたちは、ここんとこ多すぎるよね…。でもどうせ不破くんは、みんなも知っての通り、非情なまでに彼女たちのことを相手にしない人だし、しばらくすると女のコも諦めてくれるんじゃないかな」

「先生っ、そーゆーことじゃありませんっ、私は誰かが不破のことを勝手に雑誌に掲載したことを怒ってるんですっ」

「那智くんは、まだそんなことを怒ってたの…。もちろんこうやって被写体の許可を得ず、勝手に写真を掲載するのは、かなり問題があるけど…ベツに悪いことが書かれてるわけじゃなし…。確か、不破くんの顔・スタイルはパリ・コレのトップ・モデル級、頭脳は未来のノーベル賞候補って、そうコメントしてあったよね…」

鹿内先生もあの雑誌…買って読んだのか…。

「先生はわかってませんっ。そういうことじゃないんですっ。この写真を見て、不破にうっとりしたわけのわからない人間が、不破のことをストーカーでもしたら、どうしますかっ！」

花月…なにも朝からそんな担任に怒鳴《どな》らなくても…。

それに俺は大丈夫だ…第一どうして俺がストーカー被害に遭《あ》うんだ…。

「そ…そうだね、那智くん…先生たち、少し楽観的すぎたね…。こういうのは確かに今の世の中、危険かもしれない。今後、こういうことのないように、学校側からこちらの出版社に、厳重注意をしておくよ」

花月の迫力に押された担任は、珍しく怯《ひる》んでしまう。

「お願いしますよ。学校側がこういうことに気をつけて下さらないと、この手の事件は何度でも繰り返されるのです。不破みたいな稀《まれ》なる美しさを持つ生徒がこの秀麗に存在する限り、学院側はどんなに気をつけても気をつけ過ぎるってことはないハズですっ」

「そ…そっか…那智くん、悪かった…そんなに不破くんのことを心配してたんだ」

「そうです――。不破に何かあったら、それはもう地球的、いや全宇宙的大損失になりますから」

「うーん、でも先生が思うに――例えばの話、この地球に巨大隕石《いんせき》が衝突して、粉々になったとしても——そこに那智くんがいる限り、不破くんだけは助かっているような気がするけどな」

「そういうこともアリです。この花月、そういうことには全力を尽くすつもりですから」

「そういうことのみに全力を尽くす気持ちはわかったから、今度からせめて先生が教室に入って来た時くらい、一応、それに気がつくくらいの最小限のリアクションはしてほしいよ…演技でもいいからね…一応僕は担任だし」

「ええ、明日からは、少しだけ気をつけてみます」

花月は定位置である俺の横に座ると、また担任を無視して、すっかり俺の方へと体を向け、他愛《たわい》ない話を始めた。

例えば——猫の鼻が冷たいのは健康な証拠だ、とか、明石《あかし》のタコ焼きは包んでいる皮が卵焼きのようにふわふわしておいしいらしい、とか、今年の年末もまた書店クジで特賞の海外旅行（今年はローマ五泊六日の旅だそうだ）を狙《ねら》いましょう、とか…。

独自のホームルームを俺とだけ展開させている。

こういう時の花月は、本当に楽しそうだった。

しかしそれでいて、実はちゃんと先生の言うことも一言一句漏《も》らさず聞いているから、侮《あなど》れない。

泣く子も黙る、頼もしい天下の学年副頭取である。

＊

「でもなあ不破頭取、この写真ほんまによう撮れとるわ。講堂で行われた演劇部のミュージカル、高三自主製作の映画上映、中等部天使の合唱、などなどのプログラムの合間に、秀麗プリンスが司会として壇上に立ったショット、すべて写ってるやんか…やはり頭取が、その度にサービスで衣装を変えたのが、そのカメラマンの撮影心をさらにさらに煽《あお》ることになったんやろな…」

一時間目終了後の休み時間に、柔らかな言葉で話しかけてくるのは、京都出身の桂木蒼《かつらぎあおい》だった。一年の時からずっと一緒のクラスだ。

花月の持って来た例のファッション雑誌を広げて眺《なが》めている。

「それでさ、ほら、不破はここでお好み焼きの屋台手伝ってるだろ…、それで手が空いたところで、よその組のヤツに頼まれて、喫茶店のウエイターもやっただろ…、そうかと思ったら、食堂の壊れた自販機直してるしな…。働き者がアダになったっていうか…不破が動くとどうしても目立つから、その都度じゃんじゃん写真を撮られてたみたいだな…」

桂木と一緒に、雑誌を眺《なが》めているのは、速水真雄《はやみまお》。高校陸上界のエースだ。

「それに、ウエイターの涼ちゃんって、凜《り》々し過ぎるよねっ。制服に蝶《ちょう》ネクタイして、その上に黒のカッコいいエプロンして、僕だってこんな涼ちゃんを見たら、シャッターを押し続けるよっ」

悠里は怒ってるのか、悔しがってるのか、よくわからない。

とにかくあの雑誌に掲載された写真はすべて、十一月中旬に行われた秀麗学院祭の中で隠し撮りされたものだった。

しかし俺はその日、撮られていることなど、ただの一度も気づかなかった。

とにかく巧妙に、相手は俺を狙って撮っていた。

でも…こんなに多くの写真が世の中に出回ってしまうのは、今更ながら恐ろしい気がする。

だって女子中高生の雑誌とはいえ、もし、万一、ナイト・クラブのお客さんの目に留まったら、どう説明をしたらいいのだ？

俺は高校生であることがばれ、即座に仕事を辞《や》めないといけないことになる。

それは明らかに労働基準法に違反しているからだ。

そうなると、俺を雇った店のママに迷惑がかかる。

そういうわけにはいかない。

あるいはその雑誌の読者に、今住んでいるアパートを突き止められ、独り暮らしをしていることを知られ、そのことを学院に告げ口でもされたら、もう本当に何もかもおしまいだ。

今更出版社に文句を言っても、もうこうやって一度世の中に出てしまった雑誌を回収できるわけでもない。だから、悩むだけ無駄だ。

ただ、本当に迂闊《うかつ》だった。

俺はとにかく静かに暮らし、このまま何事もなく秀麗に通い続けたいだけなのに。

この当たり前で何でもないことが、俺にとっては時々、本当に難しいことだったりする。

肉親がいないというだけで、世の中はどうしてこうも生きにくくなるのだろう。

俺は俺なりに、精一杯頑張っているのに。


「とにかく来年からは、秀麗祭に来て下さる方には、身分証の提示とか、持ち物チェックとか、入場券は前以《まえもっ》て知人にのみ配布する方法を取るとか、とにかくきちんとした入場規制を行いましょう。学院祭だからって、誰でもフリー・パスでずかずか学校に入ってくるのは、間違ってました」

花月は厳しい顔で、言い切った。

「確かに…その方が、よさそうやな…。この雑誌、やり方汚いわ…。まるで僕らの頭取を金儲《もう》けの手段に使ったみたいや」

桂木は雑誌を閉じると、むっとしていた。

「勘《かん》のいい不破にも気づかせず、これだけの写真を撮った人間は、間違いなくシロウトじゃない。雑誌に掲載するつもりなら、ちゃんと筋を通して、不破に挨拶《あいさつ》くらい通すべきだろ？

「いつも適当なことばかり言う速水だったが、今日は俺のために憤りを隠せない。

「それにさ、学院祭は本来僕らだけのものなんだよ。秀麗の生徒が楽しんでこそ、秀麗祭でしょっ？　こーゆーのって本当に失礼だよ。今後、学院祭を他所《よそ》の知らない人たちに、いいように利用されるのはごめんだよっ」

悠里はドンと机を叩いて怒鳴った。

俺には、こうして自分のことを心配してくれる友達がたくさんいる。

それがどれだけ心強いことなのか——。

だから、こんなことで弱気になったりしない。

結局、油断していた俺が一番いけなかった。

秀麗に通い続けたければ、もっと本気で自分の身辺に気を配るべきだった。

このところずっと平和だったから、つい気が緩《ゆる》んでいたのかもしれない。

たぶん幸せな時ほど、気をつけなきゃいけないのだろう。

幸せって、それが当たり前のように感じた瞬間から、脆《もろ》く崩《くず》れてゆくものだから。

客員教師 〜A guest teacher〜

そうこうしているうちにとうとう十一月も終わり、早いものだ——年末がもうそこまでやって来ていた。

冬本番になったことも理由のひとつだが、俺は学校の行き帰りには黒の半コートを着て、極力、秀麗の制服を目立たせないようにしていた。

放課後、学院正門前に女のコたちが押しかけている時は、帽子を被《かぶ》り、花月が原宿《はらじゅく》で買ってきた、いかにも俺じゃない風の——温和なイメージの伊達眼鏡《だてめがね》をかけ、裏門からそっと退散する。

そんなことを数日続けていると、例の雑誌を手にやって来ていた物見高いコたちも、徐々に一人、また一人減り、学院近辺は見る見る静かになってゆく。

心配することなんて、何もなかった。

やはり、あの隔週ファッション誌の次の号が出る頃には、俺の周りには以前と同じ平穏な日々が戻ってきていた。

神経質になる必要はなかった。

ようやく俺は、ほっと胸をなでおろしている。

「でも、よかったね、涼ちゃん——。一時はどうなることかと心配したけど、とりあえず騒ぎ立てる女のコの数も寒さとともに減ってきたみたいだし、このままみんな冬眠してくれれば、御《おん》の字だね。度を越した美少年っていうのも大変だと思うけど、涼ちゃんの存在は世界遺産だから頑張って維持していかなきゃね。それは涼ちゃんの使命だと思う」

背が低いのに俺のすぐ前に並び、講堂での全校朝礼に出席しているのは、悠里だった。

相変わらずよくわけのわからないことを——ひっそりと、しかし力説している。

月初めの月曜日に講堂で開かれるこの朝礼は、いつも厳粛な雰囲気につつまれる。

何しろ秀麗中学一年から秀麗高校の三年まで、総勢約一三五〇人の男子がずらーっと集まるのだ。

当然、先生方の表情も厳しくなる。

今、そんな俺たちを目の前にして、訓示をのべているのは、秀麗学院の学院長だ。

学院中で、一番怖くて厳しい人である。

しかし秀麗学院を東京屈指の名門校にしたのは、偏《ひとえ》にこの人の力が大きかった。

なのにそんな緊迫した空気の中、花月は俺の後ろで、せっせと手を動かし、俺のためのマフラーを編んでくれている…。

　手編みのマフラーをすると、女のコが一切寄りつかなくなるらしい。そして今、その仕上げに取りかかっている段階だ…。

「不破、待ってて下さいよ。このお手製マフラーはこの冬、徹底的に不破のことを守ってくれるはずです。これ以上の魔《ま》よけ、厄《やく》よけはないでしょう…。私としたことが、このことにもっと早く気がつけばよかったです」

　しかし何もハートの編み込み模様まで入れなくても…。

　それは少々凝《こ》り過ぎではないだろうか…。

　しかし、なんて手先の器用な相棒だ。魔術師のように編み棒を何本も駆使している。

　こういうことはいったい誰に習ったんだろう…。つくづく謎《なぞ》の人だ。

「でもさ、花月…なんでマフラーが魔よけ、厄よけになるんだ…？　ただの防寒対策じゃないのか？」

「じゃあ伺いますが、不破は、左の薬指に結婚指輪をしている女性をあえて口説《くど》きますか？その方が絶世の美女だとしても」

「いや、俺はまだ高校生だし、自分の将来もよく見えない毎日だし、美人であれ何であれ、結婚している女の人は、まず俺なんかを相手にしないと思うし。そういうことは口説く以前の問題だと思う」

「そういうことを言ってるんじゃありませんっ。あなたは結婚している女性にちょっかい出すかって訊《き》いてるんですっ。あなたの将来、年齢、云々《うんぬん》なんて、この際関係ないのですっ」

「なっちゃんっ！　声が大きいよっ！　全校朝礼で騒ぐと、また学院長に目をつけられて、大変なことになるからやめてっ！　それでなくても僕らは、もうぎりぎりのところにいるのにっ！」

花月より大きな声で、悠里が怒鳴る。

確かに、悠里の言う通りだった。俺は高一の三学期、やむを得ぬ事情でファッション誌のモデルの仕事を引き受けるはめになり、そのことがすぐ学院にバレ、退学寸前にまで追い込まれた暗い経歴を持つ身だった。

あの時、俺は学院長室に呼ばれて、即座に退学勧告を受けた。秀麗はどんな事情があろうとも、とにかく生徒のバイトは絶対禁止なのだ。

しかし花月や悠里、その他大勢のクラスメートの捨て身の嘆願により、俺の退学処分はなんとか取り下げてもらえることになった。

俺はあの時、本当に学院や同級生らに迷惑をかけてしまったのだ…。

そのことを思い出し、一瞬まともに学院長の顔が見られなくなる。

そして、縦一列まっすぐに並んでいる俺ら三人の間にも、ようやく静寂が広がった。

俺らが無駄口を慎《つつし》んだところで、ちょうど学院長の話も終わり、今度は教頭先生の登場となる。

見ると教頭は、壇上に見知らぬ男の人を伴《ともな》ってゆく。

こんな時期に…新任の先生だろうか…。

三十代前半、あるいはひょっとしてまだ二十代かも。

非常にあか抜けた身なりをしている。洒落《しゃれ》た品の良いスーツだ。学校関係者というより、むしろ大企業の若き重役候補という雰囲気だ。

「教育実習生というには、ちょっと薹《とう》が立ってますよね」

懲《こ》りない花月が、編み棒で俺の背中をつつきながら言う。

「ひょっとして、都の教育委員会の人かもしれないぞ…。このところ少年犯罪も増える一方だし、何らかの対策を立てに、各学校を回っているのかもしれない…」

自分で言いながら、なかなかいいところをついているような気がした。

だって、そういうイメージがぴったりの人だ。

温和な顔はしているが、隙《すき》がなく、研《と》ぎ澄《す》まされている。

「教育委員会ですか…さすがですね、不破。それはかなりいい線いってますよ」

俺らだけでなく講堂中、あちらこちらでひそひそ声が上がり始める。

みんな壇上に立つ見知らぬ人の身分について、あれこれ勝手な想像を巡らせる。

「ほら、みんな静粛《せいしゅく》に――。こちらは、東・東京にある――『優峰学院《ゆうほう》』の先生です。お名前を峰岸優仁《みねぎしゆうじん》先生とおっしゃいます。峰岸先生は今日から約二週間、我が秀麗学院で数学の授業を担当して下さることとなりました。対象は高二の全クラスです。

実は、優峰学院はIT関連の授業・施設がとても充実していて、つい先日もテレビ番組の特集でそのことが取り上げられたところです。その番組をご覧になった方も多いのではないでしょうか…？」

講堂のあちらこちらで、教頭の問いかけに頷いてる生徒がいる。

俺は残念だがテレビを持っていないので、その番組は見ていない。

しかし、高二と言えば、俺たちの学年だ。

俺はこれから二週間、あの人に数学を習うのか…。

しかしまたどうして、他所《よそ》の学校の先生が突然そんなことをするのだろう。

「私はこちらの優峰学院の学長と長年の付き合いがあり、その学長がおっしゃるには、優峰学院は今、学校教育の原点に戻り、コンピューターばかりに頼らない、先生と生徒の密なる関係を模索し始めているとのことです。確かにコンピューターはこれからの時代になくてはならない存在ではありますが、それに頼り過ぎてしまうと、人間関係が希薄《きはく》になってしまうのも事実です。

そこで優峰学院は、最新技術を取り入れる一方で、今一度教育の原点に戻るつもりで、私どもの秀麗学院を視察されたいと、申し出られてこられたのです。なぜなら秀麗はまだIT関連の授業・施設はいっさいなく、しかしそれでも現在、日本のトップを走る優秀な学校の一つであるからだそうです。最先端技術に頼らず、どうやって優秀な生徒を育ててゆくかを、秀麗の生徒に直接触れ合うことで学んでみたいとおっしゃられるので、それなら是非一度、うちで授業をされてみたらいかがでしょうかと、ご提案申し上げましたところ、今回の交換視察が実現いたしました。

ただ今、交換と申しましたのは、実は逆に秀麗もそろそろIT関連の授業を取り入れなければいけないと模索していたところでしたので、この機会にやはりうちの高二の数学担当である小早川《こばやかわ》先生に、優峰学院への視察をお願いしました。

そして、その小早川先生は、今週から優峰学院のコンピューター授業の数々をご覧になって来て下さいます。そして来る二十一世紀に向けて、これから両校とも切磋琢磨《せっさたくま》し、よりよき学校作りを目指してゆけたらと思うのです…」

まあ平たく言えば、アナログな秀麗と、ハイテクの優峰が、それぞれの長所を生かし合いともに支え合ってゆきましょうということだ。

そして俺らがまず、その研究材料とされるわけだ…。

それはベツに構わないけど、優峰に視察に行った小早川先生は大変だな…。

あの先生、数学の先生のくせにコンピューター関係が苦手みたいで、以前俺にパソコンのマウスの使い方を訊いてきたことがある…。大丈夫だろうか…。心配だ…。

「涼ちゃん、あの人、外国人みたいだね。名前ユージーンだって」

振り向いた悠里がそう言うが。

「悠里だって、ユーリだろ…確か、重水素を発見して、同位体化学に飛躍的進歩をもたらしたノーベル化学賞受賞者が、アメリカ人で、ハロルド・ユーリーとかいう名前だった」

そのノーベル賞の受賞は一九三四年のことだったと思う…って、どうしてそんなことまで、俺は暗記してしまっているんだ…。

こんなことを覚えてて、いつかいったい何かの役に立つのだろうか…。疑問だ。

「涼ちゃん…ノーベル賞受賞者と似た名前なのはありがたいけど、僕、ユーリーじゃなくて、ユーリだから」

俺の前に並ぶ同級生は、細かいことに拘《こだわ》っている。

「それでは、峰岸先生、うちの生徒に何か一言頂けますでしょうか」

するとヤング・エグゼクティブ風の先生が、颯爽《さっそう》と笑顔でマイクの前に立った。

なかなかいい度胸の人だ。一三五〇人の中高生なんて、カボチャやジャガイモにしか見えないのかもしれない。

彼は何ら緊張することもなく、俺らに見事な挨拶をした。

「でもさ…俺…東京にいながら、優峰学院って…知らなかったよ…」

長い全校朝礼が終わり、教室に帰った俺は自分の席に座る。

＊

「そりゃ、あそこはまだ創立二十年足らずの新しい学校だから、不破は知らないかもしれないけど、今、どんどん伸びてきてるんだぜ。生徒一人に一台のパソコンがあてがわれて、授業はもちろん、宿題も試験もすべてそれを使って行われる。家に帰っても自宅のパソコンと学校が繋がってて、親も安心。それで卒業までに誰もがコンピューターのエキスパートになるんだってさ。確か、東京の難関受験校のベスト10に入っているはずだ」

そう教えてくれたのは、俺の前に座る、高校陸上界のホープ、速水真雄だった。

「だけど速水、お前やけに東京の高校に詳しいんだな…静岡出身なのに…」

この陸上界のホープは、スポーツ推薦で秀麗学院に入学した。

スポーツ推薦入学者のみ、親元から離れて暮らすことが許される。

彼は静岡の伊東《いとう》から、この西・東京の秀麗にやって来て、今、学院の近くで寮生活をしている。彼は俺に親がいないことも、独り暮らしをしていることも知っているので、たまに実家の旅館から俺宛《あて》に、水揚げされたばかりの生きのいい魚をどっさり送ってくれたりするありがたい友人だ。

「実は俺さ、高校進学の時、日本中の陸上で有名な高校から入学の誘いがあったんだ。俺としては東京に出ていきたくて、そうしたら優峰学院からも声がかかって、あそこは文武両道だから陸上も結構有名なんだよ。それでパンフレットを見たら、コンピューターの授業風景が何ページにもわたって載っててさ、東京で陸上はしたいけど…コンピューターはちょっとなぁ…とか思って、やめてしまった…。立地条件はいいんだよ。新宿《しんじゅく》にも渋谷《しぶや》にもすぐ出て行ける…これは遊べる、とか思ったけど…」

と、言いながら、放課後はいつも厳しいトレーニングに耐えている結構真面目《まじめ》な彼だった。

「あのさあ、さっきあの先生、優峰学院は、秀麗をモデルに作ったたって言ってたけど、僕、あそこの制服、見たことがあるよ。僕がたまーに定期検診に行く大学病院の近くにあるんだけど、初めて見た時、秀麗の制服にそっくりだったから、びっくりしちゃった。ブレザーのエンブレムだけ辛《かろ》うじてちょっと違えてるけどね。でも、そんなに秀麗に似《に》せたいだなんて、僕らも結構捨てたもんじゃないね」

悠里は俺の椅子の半分まで、無理やりぐいぐい座り込みながら、そう言った。

しかし悠里…誰も俺らのことは捨ててないと思う…。

「今回の出張授業は、ある意味敵情視察ですよ。優峰学院は今、進学校としてぐんぐん知名度を上げてますから、ここでさらに飛躍するためには、歴史のある名門秀麗学院の教育方針を学びたかったんでしょう。でもただ視察させてほしいといっても、断られるかもしれないので、あちらの『売り』であるコンピューター教育の知識を餌《えさ》にしたのでしょう。秀麗としてもそろそろ二十一世紀に向けて、真剣にコンピューター授業を導入しなければいけない時期に来ていたので、渡りに船だったのかもしれません」

窓際に座る花月は…外の景色を見ながら分析している。

しかし、うちの仕事人は今回もまたかなり深読みしてるな…。

こんな子供らしくないことを考えている生徒に、これから授業をしないといけない優峰の先生も大変だ…。人生観を変えられるかもしれない…。

「ま…ほんの二週間のことですから…お付き合いしましょう。せいぜい通算四回ほどの授業でしょうし…せっかくいらして下さっているお客人ですものね…手厚く持て成さないと」

ふふっ、て笑ってるけど、花月…また、うちの数学の小早川先生を困らせていたように、あの優峰の先生も悩ませようとしているな…。

長年付き合っているので、相棒が何を楽しみにしているのかは大体わかる。

「あのさあ、僕、思うたんやけど、たぶんあの先生はジュニアやな…。名前、峰岸優仁って言っとったやろ？　優峰って、あの先生の名前から来たんやないか？　学長が父親で、あの先生がその学院長の一人息子か何かで、あの先生が、いずれ学院を継《つ》ぐんやろなぁ…。だから、秀麗を視察に来るほど教育熱心なんや…」

桂木蒼がそう言うが、それは確かに頷ける。

峰岸の『峰』と優仁の『優』を取って、優峰。ありえないことじゃない。

今は少子化時代になって、日本中どこの学校も経営が大変になってきている。よりよき学校作りをするためには、色々な学校に出向いて、勉強してくるくらいの企業努力をしないといけないのかもしれない。

それが自分の一族が経営する学校だったら、なおさら熱心になるだろう。

「あー、はいはい、またそこ…そうやってみんなで群れて…。さっきの朝礼で聞いた通り、君ら今日から、優峰の先生に数学を担当してもらうんだから、いつもみたいな不遜《ふそん》な態度で授業に臨《のぞ》んだらだめだよ。優峰学院は、秀麗を名門中の名門だと見込んで視察に来ているんだから、夢を壊《こわ》しちゃだめだからね…。あちらさんは前々から是非一度、秀麗の生徒さんたちと直《じか》に接してみたいとおっしゃってて、今回の出張授業が実現するようになったんだから。まあ…とにかく…問題は那智くんだね…聞いてないフリをして、一人でズンズン予習をしてきて、授業中は思いっきりセンセーを無視するような行動に出ようと思ってるのかもしれないけど、他所の学校の先生にそんなことをしたらだめだよ。那智くん、大人だから、先生の言ってることわかるよね…?」

相棒はホームルームにやって来た鹿内先生にいきなりクギを刺される。

「大丈夫です。それだけはしません。私、こう見えても外面《そとづら》はいいんです」

「そうしたら、ついでに内面《うちづら》もよくするよーに。特に僕の授業の時。頼むよ」

「頼まれても、それは確約できません」

「不破くん、申し訳ないけど、今後、那智くんの管理をお願いするよ。学年最高頭取なんだからそのぐらいできるよね？　先生はもう、そちらのご学友のコントロールは無理だ」

ムカっとしながら、その実、鹿内先生は必死に笑いを堪えていた。

手のかかる生徒ほど可愛《かわい》いというのは、本当みたいだ。

＊

その日の午後、俺らはさっそく優峰学院の峰岸先生の数学の授業を受けていた。

外面のいいらしい花月は、俺と無駄口をきくこともなく、きちんと授業を聞いていた。

さすがに大人の彼は、名門秀麗のイメージを壊しては悪いと思ったのだろう。

そして、初回の授業は決して退屈じゃなかった。

たぶんかなり気を遣って下調べをしてこられたのだと思うが、授業内容は興味深く、ためになることが多かった。

峰岸先生はやはりコンピューターが専門なので、教室に数台のノート型パソコンを持ち込んで、今回特別に『統計処理』の仕方を教えてくれた。

実際に色々なソフトウェアを使って説明してくれたので、非常にわかりやすかった。

興味があったら、放課後、職員室に来れば、もっと複雑な計算等を教えてくれると言っていた。望めば、簡単なＢＡＳＩＣ《ベーシック》のプログラミングも教えてくれるそうだ。

こういう機会はめったにないから、峰岸先生がいる二週間のうちに、もっとコンピューターに親しんでおくのもいいかもしれない。いずれ必要になる日も来るのだろうし。

俺はそれほど機械類が嫌いではなかった。

＊

「でもさ…涼ちゃんは本当に何にでも熱心だよね…この頃の数学の授業中、目がキラキラしてるよ」

二回目の峰岸先生のコンピューターの授業を終えた木曜日の放課後、独り暮らしのアパートに戻る途中で、悠里が俺に言った。

悠里は自宅が電車で二時間以上もかかるところにあり、体のこともあるので、大学病院に勤めるお兄さんに、いつも車で送り迎えしてもらっている。

そして放課後は必ず、俺のアパートに寄って、数時間過ごし、お兄さんが迎えに来るのを待っている。俺のアパートは秀麗から二駅しか離れていないので、非常に便利だ。

ゆえに俺のアパートは、高校入学以来、半分悠里の家みたいになっている。

悠里が来ると、飼い猫のキチ（去年、土砂降《どしゃぶ》りの梅雨《つゆ》の夜に拾った。今や丸まると大きくなって元気だ）が遊んでもらえるので、嬉《うれ》しいみたいだ。

「あっ、そうそう、涼ちゃんの伯父さんの牛乳屋さん、昨日、今日と、お店閉めてたみたいだけど…旅行にでも行ってるの…？」

悠里の問いかけに、俺は首を傾《かし》げる。

俺が小学校五年から中三まで、お世話になった伯父の家は、今年の頭から、伯母《おば》の起こした交通事故や入院やらで、店の経営が困難になった時期があったのだが、昨日、今日と平日に店を閉めているということは、また何かあったのだろうか。

俺は夏前に伯父に一度会っていて、その後、秀麗アメリカ校に三週間短期留学をして、帰国してお土産《みやげ》を届けて…そう言えば、それからずっとご無沙汰《ぶさた》していた…。

「悠里…店になんか張り紙とかしてあったか…？　何日まで休む、とか、ひょっとして旅行に出ているとか…臨時休業とか…」

旅行ってことは考えられる。伯母さんの具合がよくなったら、温泉にでも療養に連れていきたいって言ってた。

「えっと…ごめんね…僕、朝、店の前をぱーっと車で通っていくだけだから、よくわからなくって…。ただ、涼ちゃんの伯父さんの店って、朝早いでしょ？　いつも開いているのに、今朝も閉まってたから、あれ、どうしたのかなって思って」

本当にどうしたんだろう…。なんだか少し、心配になる。

でも実は一緒に暮らしていた頃は、いいことばかりではなかった。朝、早く起きて、店の仕事を手伝って、それが終われば、家の仕事が待っていて…。

俺はそこでいつも、肩をすぼめるように生きていた。

優しい言葉をかけてもらったわけでもなく、伯父さんの息子二人は、冷たかったし、むしろ、辛い想い出の方が多かったかもしれないが、今、俺がこうして、しっかりと独り暮らしができるのは、あの伯父伯母がいたからだ。

五年もの間、三度三度、食べさせてくれて、学校に通わせてくれて、掃除、洗濯、料理をしっかり教え込まれ、だから俺は今、こうして一人でも生きてゆける。

厳しくされたからこそ、少々のことにめげないようになった。

それは一人で暮らすようになって、ようやく気づいたことだった。

だから、今はとても感謝してる。

そんな伯父一家のことなので、何かあったらやはり心配になる。

だって伯父は、異母兄妹ではあったが、俺の亡くなった母と半分も同じ血が流れている人だ。

たぶん、伯父が困っていたら、俺はやはり悲しい。天国の母さんだって、悲しいと思う。

何でもないとは思う…。

思うけど…やはり…気になる…。

そうだ…今日は仕事のない木曜日だし…。

「あのさ…悠里…今日、遥《はるか》さんが迎えにきたら、俺も一緒に車に乗せてってもらって、伯父さんの家を訪ねてもいいかな…俺…考えたら…三カ月近くも、ご無沙汰してるんだ」

遥さんというのが、マリア様のように優しい悠里のお兄さんだ。

悠里とは十五歳近くも年が離れている。

「えっ！　いっ、いいよ、いいよっ。そしたら、涼ちゃん、久々に今晩、僕んちにお泊まりだねっ。そして、明日は同伴通学だよっ！」

俺の心配をよそに、悠里は大喜びだ。

そんな明るい悠里の笑顔が、俺の心配を一気に吹き飛ばしてくれると、ありがたいと思った。

たぶん…たぶん…大丈夫だ…。

これは恐らく、いつもつい、物事を悪い方悪い方に考えてしまう俺の心配のし過ぎに違いない。

そう心に言い聞かせていた。

不安な思いを静めながら。

師走《しわす》の風　～The cold wind in winter～

たどり着いた伯父の家の店先で、俺は呆然《ぼうぜん》と立ち尽くしてしまう。

真っ暗な軒先には張り紙がしてあり――長年ごひいきにして頂き、ありがとうございました。この度、都合により閉店させて頂きます――と書いてある。

見ると、伯父が仕事用に使っていたトラックがない。

それどころか、家はもう誰も住んでいるようすがない。

勝手口に回ってチャイムを押してみたが、やはり誰も出てくる気配がない。


「りょ…涼ちゃん…伯父さんたち…引っ越しちゃったのかな…？」

あまりの驚きに何も言えない俺の代わりに、まず悠里が口を開いた。

「近くに大型スーパーができたからかもしれないね…。涼ちゃん、実はこのところ、この付近の小売店があちこち店を畳《たた》んでいるのが目立ったんだ…」

悠里のお兄さんの遥さんも動揺を隠せなかった。

「どうしよう…俺…伯父さんの引っ越し先とか…まったく知らなくて…」

俺は今もこの伯父の家から、秀麗に通っていることになっている。伯父が俺の唯一の身元保証人だったのだ。

その伯父がいなくなり、自分が住んでいるはずのこの家もなくなったら、俺はそれをどう学院に説明したらいいのだろう。

いや、そんなことより何より、伯父の一家に何が起こってしまったのだろう。

「そうだ。涼ちゃん、電話してみなよ。引っ越したら引っ越したで、電話局が新しい電話番号を教えてくれるよ。もちろん伯父さんがその手続きをしていれば、の話だけど…」

悠里の言う通りだ。ベツに夜逃げをしたわけではないのだから、連絡不能とは限らない。

俺は震えだしそうな手で、自分の携帯を取り出し、早速伯父の家へと電話をしてみた。

すると——。

悠里の言った通りだった。

伯父の家はちゃんと移転したことを電話局に通知してあり、新しい電話番号がコンピューターの音声とともに流れてきた。

俺はその番号をすぐにメモして——ほっと安堵《あんど》のため息をつく。

あまりにほっとして、その場に座り込みそうになってしまったほどだ。

だって伯父の家が空き家になっているのを見て、俺は、今度こそ——今度こそ本当に世界にたった一人取り残されてしまったような気がしたのだ。

俺にはもう肉親は、伯父しかいないから。

十六歳の俺が、保護者の存在なくして生きてゆけるほど、この世は甘くないから。

そのことを誰よりもわかっているのは、この俺だから。

*

その約一時間後、俺は伯父の引っ越した先の団地の一角へと到着していた。

築三十年くらい経っている四階建ての県営住宅の三階の玄関の表札に、白の厚紙で伯父の名字が急場しのぎに書かれているのを見つける。

旧式のブザーを押すと、中から出てきたのは伯母さんだった。

俺は伯母のその疲れ果てた姿に、息を飲んだ——。

伯母は今年の二月、仕入れの途中、事故を起こして、全治一カ月の骨折で入院した。

でも本当に大変だったのは、その後だった。

伯父の家は、すぐにまとまったお金が必要になったからだ。

事故を起こし、怪我《けが》をさせた相手の車に乗っていた人への保証、そのための示談金。

そして破損した自分の店のトラックも買わないと仕事にならなかったし、同時に下の息子が高校受験の時期にあたり、そのための入学金やら何やらで、伯父の家は一気に火の車となった。

俺はその時、それまで夜の仕事やら道路工事の仕事で、貯めに貯めた全財産——約九十万円を伯父に使ってもらうことにした。

とても見て見ぬ振りなんてできなかったからだ。

五年もお世話になった伯父の家のことだ。

それからしばらくして、伯母も無事退院し、高三と高一になった伯父の息子もバイトを始めるようになり、ようやく伯父の店も少しだけ落ち着きを取り戻したように見えた。

しかし安心したのもつかの間だった。

夏前に伯母は体調を崩し、事故の後遺症とは関係なく倒れてしまったのだ。

少しでも家計を助けようと、パートに出ていたのがいけなかったらしい。

加えて更年期に入り、肝臓も弱り、血圧が高くなっていたせいだった。

そして食事療法のために、また三週間近く入院した。

そして八月、俺は秀麗アメリカ校の夏期学校に参加して、下旬に帰国し、九月の頭にお土産を届けに行った時は、伯母は退院して家にいて、少し元気を取り戻していた。

パートの仕事ももうやめて、自宅療養に努めていた。

それからたったの三カ月——今、目の前にいる伯母はすっかり痩せて、白髪《しらが》やしわが増え、まるで別人のようだった。

その老け込んだ様子に、俺はろくな挨拶もできず、しばらく玄関で言葉に詰まる。

「駅からかなり遠かったから…なかなか場所がわからなかっただろ…？」

伯母は俺の顔を見ると、かすれるような声でそう言った。

転居した先は、元の家からさほど離れたところではなかった。

先程早速、伯母に電話をして住所を聞き、駆けつけたのだ。

「まあ…上がってちょうだい…涼。引っ越したことを知らせずに…悪かったね。驚いたろ？色々、ばたばたしちゃってね…。ほら、家の中もまだ全然片づいてなくて…」

二LDKくらいの薄暗いアパートの中、段ボール箱が、ところせましと積み上げられている。

「いえ…あの、どうぞ、おかまいなく…。俺こそご無沙汰しちゃってすみません。引っ越すのでしたら、お手伝いに上がりましたのに」

通された六畳間は辛うじて片付けられている。家の中は静まり返っている。そこには伯父も二人の息子の姿もなかった。

もう夜の九時になろうとしているのに。

昔だったら、みんなが茶の間に集まってテレビを見ていた時間だ。

「涼、店は、残念だけど、畳んだよ。この御時世《ごじせい》、もう牛乳店だけじゃ食べていけなくなってしまってね…。ほら、近くに大型スーパーができたの知ってるかい？　あれができたらもう、うちみたいな小売店はとても生きていけないよ」

悠里のお兄さんが言った通りだった。

だけど俺はそのスーパーの存在すら知らなかった。

伯母はどこから持ってきたのか、すっと俺に座布団《ざぶとん》を差し出した。

その手がしわしわで、生気がなかった。

「でも、本当言うと、その大型スーパーのせいでもないんだ。あれが建つ前から、もううちの経営はずっと赤字続きでね…借金は膨《ふく》らむ一方だし、いつ店を閉めようか、夏前からずっとその頃合いを見計らってたんだよ」

伯母の言葉に俺は何と言っていいのかわからなくなる。

「でもね、涼…悪いことばかりじゃないよ。何にもしない息子たちだったけど、今はよく働いてくれるようになった…。二人とも今夜、バイトに出てるんだ…。うちの人は今、知り合いの運送会社に雇ってもらって、深夜便の業務にあたってるよ」

長距離トラックを走らせてるのか。あの年で重労働だ。

「ただね…息子たちにはやはり悪くてね…この頃、あのコたち、ろくに学校も行ってないんだよ…。上のコはもうすぐ大学受験だっていうのに、進学しないって言うし。そしたら下のコも高校は退《や》めるって…そんなことを言い出してね…。近頃、県立高校の授業料も昔みたいに安くないんだよ…その学費すら出してやれなくて…親としては…情けないよ…」

伯母は言いながら項垂《うなだ》れてしまった。

「俺…本当に…何も知らなくて…ごめんなさい…」

自分が悪いのではないけれど、俺は謝《あやま》るしかできなかった。

「涼が謝ることじゃないよ…これはたぶん…私らに…罰《ばち》が当たったんだね…」

伯母の言葉に、俺は心臓をつかまれるような思いになる。

「涼のことを引き取っておいて…まだ小学校五年だった育ち盛りの子に充分な睡眠も与えず、毎朝早くから叩き起こして、まるで召し使いか何かのように働かせて…。涼のお母さんが必死に貯めたであろう、二百万近くもあった貯金も…使い果たしてしまって…」

伯母はそこで、うっ、と口を押さえてしまった。

すると次の瞬間、大粒の涙をその目から溢《あふ》れさせていく。

「伯母さん、何を言ってるんです…。俺は五年もの間、伯父さんと伯母さんに散々お世話になっていたんです。二百万の貯金なんて、使って頂いて当たり前です。そんなに泣かないで下さい。朝の牛乳配達だって、あれをしていたからこそ、足腰が鍛えられて、俺、今風邪ひとつひかないくらい、元気です。伯母さんちが裕福でないのを知っていたのに、引き取って頂いて、俺、ずっと子供ながらに悪かったって思ってました。それに、今だって、身元保証人になって頂いてますし、そのお陰で秀麗学院にも通えてますし、伯母さん、罰が当たったなんて言わないで下さい。俺、感謝してるんですっ」

なんだか俺まで悲しくなってしまう。

あの気丈な伯母が泣くなんて、思いもしなかった。

「いや…これは私らに罰が当たったんだ…。涼のことをこき使って、散々働かせて、小遣いもやらず、修学旅行にも行かせてやらず、その上、高校に上がって、独り暮らしをしながら必死に働いたお金まで、また私らが取り上げてしまい…返すあてもない…。罰が当たらないわけがなかったんだよ…。本当にごめんよ…。今頃、謝っても遅いと思うけど…許しておくれ…。事故を起こしたり、入院したりして、一人で色々と考えて…ようやくわかったんだ…。私はなんて、涼に冷たい仕打ちをしてきたんだろうって…」

伯母はとうとう畳の上で泣き崩れてしまった。

「伯母さん…お願いします…泣かないで下さい…。俺…今、とても幸せなんです。伯母さんたちのお陰なんです。お世話になった五年の間、三度三度、ご飯を食べさせてもらって、勉強するスペースももらって、それにただ住まわせてもらうのは辛かったから、牛乳配達をさせてもらって、それですごく気が軽くなったし、伯母さんが料理や掃除を教えてくれたから、今は独り暮らしでも困ることはないし、それに口裏を合わせてくれて、俺が今でも伯母さんの家に同居しているということにしてくれているので、秀麗に通えてますし、それに……俺には、もう、他に……親戚《しんせき》なんて……いないんです……。俺…さっき…伯父さんの家がなくなってしまったのを見て…すごく、怖かったんです…ああ…これで、俺は本当に本当に…天涯孤独《てんがいこどく》になってしまったんだって思って…怖かったん…で…す…」

気がつくと、俺の目からも、ぽとぽと涙が落ちていった。

さっき、伯父の家で張り紙を見たショックがまた甦《よみがえ》ってしまっていた。

あれは本当に悲しかった。

「涼…お前は…優しい子だったからね…いつだって文句ひとつ言わず、一生懸命…働いてくれて…。だからだね…涼がいた時、うちの店は、何の心配もなかったんだよ…。涼がうちを出てから、何かの歯車がひとつひとつかみ合わなくなっていったんだよ…。あの頃、うちは涼でもっていた。でも、それに気づくのが遅すぎたね…」

「そんなことはないです。伯母さん、俺、本当に感謝してるんです。元気を出して下さい。俺にはもう、母親がいないから…、でもこの世に、伯父さんと伯母さんがいると思うだけで、俺、すごく心強いんです。どうかもう、いきなりいなくなったりしないで下さいっ。俺のこと、置いて行かないで下さいっ」

伯母はまた声を上げて泣いてしまった。

そんな伯母を見るのが辛くて、俺も涙が止まらなくなっていた。

伯母とこんな話をしたのは、初めてのことだった。

これからはもっと頻繁《ひんぱん》に、伯母の様子を見て大事にしてあげたいと思った。

過去を振り返ると色々なことがあったけど、それはすべて許せることだ。

アパートを出ると、団地の入り口で、遥さんと悠里が車の中で待っていた。

俺は涙を拭《ふ》いて笑顔を作ると、二人に大きく手を振った。

そして伯父さんたちのためにできることはないかと考えた。

＊

それから翌々日の土曜日、俺のアパートに段ボール箱が届いた。

差出人は伯母からだった。

開けてみると、驚いた。中には上等なハンドバッグやら、ネックレス、時計、指輪、洋服の数々が入っていた。

見たことがあるような気もしたが、記憶は曖昧《あいまい》だった。

でも…しばらくして…少しずつ、思い出す。

確か…それらは…うちの母親のものだった…ような…。

母はそれらをすごく大切にして…大切にするあまり、身につけることはほとんどなかった。

それがわかって——俺は震える手で、それらを抱きしめてしまった。

母親が俺の元に帰ってきてくれたような気がしたからだ。

そして一通の手紙——。

涼へ

涼、この間は、本当に済まなかったね…。私はすっかり取り乱してしまって、さぞ心配したことと思います。でもあれは、私の本当の気持ちです。悪かったと思ってます。

今年に入り、自分が病気になったり、入院したりして、一人になって考えることが多くなり、ようやく自分のしてきたことの愚《おろ》かさに気がついたのです。

こんなひどい伯母だったのに、涼は、この世に私らがいると思うだけで、心強いと言ってくれました。そして、いきなりいなくなったりしないでほしいと頼んだのです。それを聞いて、私は目が覚《さ》める思いでした。自分たちは何てことをしてきたのだろうと思います。

そしていけないとは思っていたのに、私はずっと涼のお母さんの大事にしてきたものを、自分のものにしておりました。

涼のお母さんが亡くなった時、私は涼を引き取るために、涼のアパートに行き大半の荷物を処分したのですが、その時、私は涼のお母さんが大切にしていた、高価なものだけを、取っておいたのです。

私はそれを自分が身につけたり、使ったりして、涼がうちを出ていった時にすら、それらを返そうとはしませんでした。

今回の引っ越しの時、荷造りをしながら、涼のお母さんのものを纏《まと》め、もうこれらは返さなければいけないと思ったのです。本当に悪かったと思ってます。この前、会った時に言えばよかったのですが、私はもう自分が恥ずかしくて、とても言うことができませんでした。

どうかこんなひどい伯母を許して下さい。

私はこれから生まれ変わった気持ちで、人生をやりなおしてみます。

そして、あなたの幸せを祈っております。

長谷部《はせべ》佐知子《さちこ》

品のいい焦《こ》げ茶のツーピース。冬物だ。胸に陶器でできた花のブローチがついている。

そうだ、この服を着て、母は俺の参観日に来てくれたことがあった。

仕事が忙しいのに、駆けつけてくれたんだ。

シルバー・グレイのヘビかトカゲの革のバッグもある。ものすごく高そうだ。これはあまり記憶にないけど、このバッグの入っていた箱は覚えている。なんだ…和光だ…あの銀座四丁目にある和光のバッグじゃないか…。

そう言えば…このバッグの箱…押し入れの奥に、いつも大切そうにしまってあった。そうか…あれは和光だったのか…。

それに腕時計…本物の真珠の時計だ…。

いったいどうして、こんなに高価なものを持っていたんだろう…。

他にもまだ色々と、よく記憶しているものや、そうでないものが出てきた。

俺は伯母にすぐ電話をして、ありがとうを言った。伯母は母の遺品を大切に取っておいてくれたのだ。それらは本当にきちんと保管されていた。

嬉しくて、嬉しくて、どうしていいのかわからなかった。

ふと位牌《いはい》の横にある、写真立ての中の母と目が合うと、母もなんだか嬉しそうだった。

独り暮らしのアパートが、急に華《はな》やかになったようだった。

＊

「そう、それはよかったね…涼…。そういう想い出の品は、残された者にとっては、何よりの心のより所になるからね…」

その翌々日、週が明けて月曜日の放課後、俺は夜の仕事に行く前に、田崎のお父さんの画廊に寄って、先週末に起こったすべてのことを話していた。

「でもね、お父さん、不思議なんです。うちの母親は、決して贅沢をしない人だったんですけど、ハンドバッグとか時計とか…宝石とか…とてもいいものを…いくつか持ってたんです…。あの当時の母親には決して買えないようなものでした」

俺の中では、それがどういう経路でもって母の手元に届けられたのか、わかるような、わからないような、大きな謎となっていた。

「そうか…じゃあ、それはもしかして…涼の本当のお父さんから…贈られたものかもしれないね…」

田崎のお父さんが、呟《つぶや》いた。

「でも…うちの母親…父親のこと、いっさい教えてくれませんでしたし…もし、そうだとしたら…俺を生む前かなんかに…もらったものかもしれません…」

そう――たぶん、あれらは俺の父親からの贈り物だろう。

それ以外、考えられなかった。

「涼は…本当のお父さんに…会いたいかい…？」

田崎のお父さんの言葉に、俺は一瞬身を硬くする。

「会いたくても…たぶん…その人は会ってはいけない人だと…思います…。だから、母は、俺に父親のいることを言うことができなかったんです…。だから…いいんです…。それに、俺には…田崎のお父さんがいるから…。俺…お父さんのこと、本当のお父さんだと思ってるから、いいんです…」

言いながら、自分が実の父親の存在にすごく拘《こだわ》っていることがわかった。

母の形見が届いた時から、実はその贈り主のことが、ずっと頭から離れないでいた。

「私も、涼は自分の子だと思ってるよ…。でもね涼、涼には本当のお父さんがいることも、否定しないでいいんだよ。本当のお父さんもいて、私もいる。この世に父親が二人いてもいいじゃないか。もし気になるのなら、そのお父さんのことを探してみるといい。そうしているうちに、いつか本当に会えるかもしれない。それに、その人だって、ひょっとして涼のことを探しているかもしれないじゃないか…」

俺のことを探しているだなんて…そんなことは絶対ない。

俺の名前はずっと不破で、探そうと思えばすぐに探せたはずだ。

たぶん、その人は、母が亡くなったことも、俺が生まれたことも知らないはずだ。

「俺…父親は…お父さんだけで…いいです…」

会いたいのに…俺を探してくれなかった父親を、心のどこかで恨み、ついそんなことを言ってしまった。

「そう…それなら涼は、もっと私に甘えてくれないといけないよ…。私をもっと困らせるくらいじゃなきゃ、本当の息子とは言えないからね」

お父さんは少し寂しそうだった。

「じゃあ俺、これからはもっと我儘《わがまま》、言います…。俺のお父さんは…お父さんだけだから」

俺は、自分がひどいことをしているのに気づいた。

俺はきっと、顔いっぱいにして、本物の父親に会いたいという表情をしていたのだろう。

その人は、どんな顔をしていたのだろう。

俺と似ているのだろうか。

母は俺を見る度に懐かしそうな顔をしていた。

そして、俺の中に誰かを見つけて、いつもとても幸せそうだった。

それだけでも俺は親孝行したことになるのだろうか…。

「お父さん…ごめんなさい…俺…たぶん…自分の母親が人生をかけて愛した人がどんな人なのか、本当は知りたくてしようがないんです…」

俺は小さな声で素直に言った。

するとお父さんはすぐに柔らかな笑顔に変わった。

「きっと素敵《すてき》な人だよ…。涼のお母さんが命をかけて、愛した人だからね…」

その優しい声に、俺は心から穏やかな気持ちになってゆく。

そして、改めて感謝していた。

血の繋がりもないのに、いつもこうして俺のことを心配し、気にかけて、大切にしてくれて。

それだけでも俺には充分過ぎることなのだから、本物の父親に会いたいだなんて、とても贅沢なことなのかもしれない。

望み過ぎると、結局、何もかも失ってしまうのだろうか。

そうやっていつも、幸せを摑むことを躊躇《ちゅうちょ》してしまう。

俺は何を怖がっているのだろう。

十二月の奇跡　～Miracle in December～

「不破…これは…ほとんどが銀座『和光』のものばかりですね…。このツーピース…腕時計…バッグ…宝石箱…。一度、これらをすべて和光に持って行って、これを買った人のことを調べてもらったらいかがですか？　ひょっとして、不破のお父さんの手掛かりが見つかるかもしれません。お得意様台帳に名前が残っているということも考えられます」

翌日、火曜日の放課後、俺のアパートにいるのは花月だ。

そろそろ二学期の期末テストのシーズンが近いので、一緒に試験勉強をしている。

しかし、花月の興味はそんなところにはなかった。

母の想い出の品をひとつひとつ眺めては、じっと考え込んでいる。

「ねえ、なっちゃん。あそこって、超一流品しか置いてないんでしょ？　他に支店とかなさそうだし、置いてるものもほとんどがオリジナル商品だし、何を買ったかで、結構、身元ってわかりそうだよね。いいことに気づいたね、さすがだね」

当然、悠里も俺のアパートに集合している。

猫のキチを抱きながら、物理の問題を解いていた。

「でも…そんなの…無理だよ…もう何年も前のことだよ…たぶん俺が生まれる前のことだから、台帳なんて残ってないよ」

本当はそれは俺も考えないことでもなかった。

でもこれらの品を和光に持って行って、不審がられるのも嫌だった。

なんで俺みたいな高校生がこんな高価な物——しかもすべて女性用だ——を、いくつもいくつも持っているのかと訊かれたら、返答に困る。

いや…違う…本当はそんなことじゃない。

第一、和光はそんな…お客さんに失礼なことを言う店ではない。

それは、田崎のお父さんと一緒にあの店に入ったことがあるから、よく知っている。

俺は…ただ…たぶん…嫌なんだ…。

調べてもらって、結局なんの手掛かりも見つからず、がっかりするのが嫌だった。

だって期待して、その期待が泡《あわ》のように消えてしまうのが、俺にはわかる。

いつだってそうだったから。

父親には会いたいけど、見つけるのはやはり困難なことだと、改めてはっきりしてしまうと辛くなる。

「さ、行ってみましょう、不破」

花月がいきなり立ち上がっていた。

「なっ、何っ、どこに行くんだっ」

「和光です。だって、これは行けということでしょう？　だから、こういった想い出の品が、突然あなたの元に戻ってきたのです。さ、急がないといけません。こういう時はぐずぐずしてはいけないのです」

花月は真剣だった。

「何を言ってるんだ、花月…もうすぐ期末テストだぞ…。それにもう五時だ…あそこは確か六時で閉まる」

「不破っ！　どうせ気になっているのでしょう？　それだったら、まず調べて頂きましょうよ。せっかくのチャンスです」

「ベツに俺は…気になんか…なって…ない。それに俺は…ベツに…これらが戻ってきて…それだけで…今は充分だ…。それに、さっきも言っただろ…もうすぐ期末テストだって…。俺は…来学期も奨学金を受けなきゃいけないし…そのためには、今、頑張って勉強しておかないとだめだ…」

「不破っ、あなただったら、一、二年勉強しなくたって、間違いなく学年で一番が取れるでしょう？　しかも全教科満点で、もし点数を引かれてるとしたら、名前を書き忘れるとか、答えの欄をひとつずつずらして書いてしまうとか、その程度のミスですっ」

「わかった、なっちゃん、僕、荷物まとめるからねっ」

悠里が自分のデイパックに母のバッグ、貴金属類をつっこんでいる。

花月はツーピースを畳むと、そこらへんにあった紙袋に入れている。

「だから、もう五時だって…言ってるだろ」

「六時までに店に入ればいいんですっ。訊くだけ訊いてみりゃいいでしょうっ？　何をもたもたしてるんです、あなたほどの人がっ」

俺は花月の勢いを止められず、慌てて近くにあったコートに袖《そで》を通した。

＊

JRから地下鉄丸の内線に、そして地下鉄丸の内線から地下鉄銀座線に乗り換えると、急に心臓が締めつけられたようになる。

ひょっとして…ひょっとして…俺は、父親の所在を突き止めることができるのかもしれない…。

こんな日が突然やって来るなんて、思いもしなかった。

そしてとうとう地下鉄は銀座駅に到着し、駅の階段を駆け上がると、もうそこが和光だった。

和光ビルの天辺《てっぺん》には、銀座を彩《いろど》る素晴らしい大時計が輝いてる。

あと三分足らずで六時になる——閉店時間がもうそこまで迫っていた。

急いで和光の扉を押し開け中に入ると、一階の鞄売り場、貴金属売り場には、大勢の上品な女性客がショー・ケースの中を眺めて楽しんでいた。

そんな優雅な客層に紛《まぎ》れ、俺らは明らかに場違いだったけど、もう後にはひけないところまできていた。

いったい、どこのコーナーで自分の持ち込んだ品を見せればよいのか、わからなかった。

俺たちは店内をうろうろ、おろおろしていると。

「いらっしゃいませ。何かプレゼントをお探しですか？」

優しげな若い女性の店員さんが、俺たちににこっとほほ笑んでくれた。

すると花月が、ぐいっと俺を彼女の前へ突き出した。

「あ…あの…閉店間際のお忙しい時間に、こんなことをお訊きして申し訳ありませんが、実は、お願いがあってこちらに上がりました。今日、和光で昔買った品を持ってきたのですが、それを購入した人の名前がわかるものかどうか、お伺いしたくて…」

俺は、悠里のデイパックから、母のバッグと貴金属を取り出し、近くのショー・ケースの上に次々と並べた。

花月は、紙袋から洋服を取り出して見せた。

俺は、革でできた宝石箱を手提げから取り出した。

周りのお客さんは怪訝《けげん》そうに俺らを眺める。

店員さんは、一瞬何が始まっているのか、わからない様子だった。

「ごめんなさいっ、これ、すべて俺の母親の形見なんです。母が俺の父親からもらったものなんですが、その父親が今どこにいるのかわからなくて、もし、この品を買った人の住所か何かが、そちらの名簿か台帳に残っていたら、と思って」

俺は恥ずかしげもなく、ありのままに真実を告げていた。

しかし店員さんは嫌な顔ひとつせず、昔々の和光の商品をひとつひとつ眺める。

「お待ち下さい…、今、別の係の者を呼んで参りますね」

お姉さんは、一旦売り場を離れる。

花月と悠里は俺の後ろで、祈るような顔をしていた。

そして数分後——和光の上階から年配の女性が降りてきた。

年の頃…五十歳前後か…。

聡明そうなベテラン風の店員さんだった。

「大変お待たせしました。事情は伺いました。お品を拝見させて頂きますね」

彼女は、ひとつひとつの品をじっくりと見ていく…。

そして独り言のように、時々、何か呟いている。

「ああ…これは…懐かしいですね…二十年程前に…クリスマス限定で発売した…和光オリジナル腕時計です…。そして、これ…このリザード（とかげ）のバッグも、確か、その次の年のクリスマスに限定で発売したものですよ。それに、まあ、この宝石箱…これは確か非売品でしたね…。和光のお得意様のみに、プレゼントさせて頂いた商品ですよ…。えっと…いつだったかしら…確か一九八十年頃…お得意様へお歳暮《せいぼ》として、クリスマス・シーズンに贈った商品ですね…」

最初の店員さんが、この年配の店員さんを呼んで来た理由がよくわかった。

彼女は和光に長く勤めているので、商品がいつ頃のものか、一目でわかるのだった。

「あの、これらの品を買った人の名前とか、わかりますか？」

花月と悠里に後押しされ、躊躇《ためら》いながらここまで来た自分だったが、今は、自分の父親の消息を知ろうと必死になっていた。

「そうですね…でも…このツーピースのお洋服は、オーダー・メイドではなく、店内に吊《つ》られていた既製服なので、お得意様寸法台帳にお名前は残ってないでしょうし…、このクリスマス限定発売の腕時計は、もし予約をされて購入されていれば、お名前は残っているでしょうけど…確かこれは、予約をしなくても、クリスマス・イブの当日まで、お店で売っておりましたし…」

年配の店員さんは、難しそうな顔をした。

「すみません、でも、そこを宜《よろ》しくお願いします。こんなことお願いして本当に申し訳ないのですが、頼みます。俺、名前を不破涼って言うんです。不破は『破壊しない』という漢字の不破、涼は『涼しい』という意味の涼です。俺、父親の名字はわかりませんが、きっと名前に『涼』っていう漢字が使ってあるはずなんです」

だって、母は俺を呼ぶ時、いつもとても愛《いと》おしそうにその名を口にしていた。

子供心にも、俺の名前には何か大切な意味があるということはわかっていた。

「承知しました。少々お待ち下さい…記録が残っているかどうかはわかりませんが、まずこの腕時計から調べてみましょう…」

ベテラン女性店員さんは、真剣な眼差しのまま、急いで上階に駆け上がると、しばらく戻ってこなかった。

気がつくと店内にはもう、俺ら三人以外、誰もいなかった。

＊

それからかなりの時間が経って——。

俺の頭の中には靄《もや》がかかったまま。

三人でひっそりと裏口から和光の店を出た。

やはり商品から、父親探しは難しかった。

店員さんたちは必死に手掛かりを見つけてくれようとしたけれど、それは思ったほど、簡単な作業ではなかった。

和光には毎日毎日、新しいお客さんが見える。それこそ日本中、あるいは世界から、銀座四丁目の和光を目指して買い物に来る。

その中で、台帳に載るようなお得意様の数は、千人、二千人の話じゃない。なのに、どうしてだか、俺の母親が持っている品を買った人の中には、涼という漢字を持つ人はほとんどいなかった。数人いるにはいたが、その人たちは皆、女性だった。

俺は、体中の力が抜けた思いで、地下鉄の入り口へと向かっていた。花月と悠里にも無駄足を踏ませてしまった。二人とも意気消沈している。言葉も出ない。と、その時、和光の天辺にある時計台から、ロンドンのウェストミンスターのチャイムと同じ音色が響いてきた。

俺はその鐘の音にぼんやりと聞き入る。

時刻は八時ジャストだった。

俺はなんと閉店後の和光に、二時間も居続けて迷惑をかけていたのだ。

改めて、申し訳無い気持ちでいっぱいになる。

「でもさ、涼ちゃん、諦めちゃだめだよっ。確かに、ツーピース、腕時計、ハンドバッグ、貴金属の数々からは手がかりは出てこなかったけど、ほら、今、涼ちゃんが抱えているその革の宝石箱、お得意様にしかプレゼントしてない非売品なんでしょ？　それはすべて顧客リストから郵送したものだって、あの店員さんが言ってたじゃない。それって店内渡しじゃないんだよ、ってことは、絶対、お得意様リストの中に、涼ちゃんのお父さんの住所が載ってるってことだよ。じゃないと涼ちゃんのお母さんが、あの宝石箱を受け取るわけがないんだからねっ」

悠里は俺を励ましてくれるが、あの非売品を送ったリストは、今夜は結局、見つけることができなかった。たぶん記録はもう残ってないだろう。

一応、明日また調べて下さるそうだが、きっと無理だと思う。

ここまで調べてくれて、それだけでも充分ありがたい。

「不破、元気を出して下さいね…。何も手掛かりが見つからないということはないはずですよ。こんなことくらいで諦めちゃだめです。いいですね」

言いながら花月は、俺以上にがっかりしているのがわかる。

「大丈夫だよ…。ごめんな、二人とも忙しいのにこんなことに付き合ってくれて…。俺、きっと一人だったら、とても和光まで行けなかったよ…。でも今日、色々なことが少しだけわかったような気がする…。後は、自分の頭の中を整理して、何らかの手立てを考えてみるよ…。だって間違いなく和光には、父と母を結び付ける何か大事なことがあると思うんだ…」

今日は空振りに終わったが、俺はこれから頭を冷やして、今日得た色々な情報をよくまとめて考えてみようと思う。

だってこの世に偶然なんて、ひとつもないから。

すべては必然で、何もかもきちんと理由があって起こるのだ。

俺の元に、母の品が一気に、しかもある日突然戻ってきたこと。

それらのほとんどが銀座の商品であったこと。

きっと…俺の父と母は、この日本一洗練された街《まち》で会うことが多かったのだろう…。

そう考えると、現在この俺が、銀座にある田崎のお父さんの画廊に、ちょくちょく遊びに行っていることも、不思議な巡り合わせのような気がする。

俺は、父と母の想い出の土地を、何げなくしょっちゅう訪れているのだ。

まるで運命の糸に手繰《たぐ》りよせられているかのようだ。

だから…きっと…どこかに手掛かりはあるはずだ…。

諦めてはいけない。

「あっ、か、花月っ、どうして、こんなところでっ！」

ぎゅうー。

しまった、俺が落ち込んで隙を見せたのがいけなかった。

花月にとって、ここが天下の銀座四丁目であろうと、ニューヨークの五番街であろうと、パリのシャンゼリゼ通りであろうと、そんなことは関係なかった。

彼が友人を元気づける方法は、やはりこんな直接的な方法でしかなかったのか？。

だからここは…和光の前なんだって…。

治外法権である二Gの教室内じゃないだろ…うう…苦し…い…。

「なっちゃんっ、今日という今日はもう、僕、許さないよっ！　こんなお洒落な銀座を銀座とも思わない、その全世界を敵《てき》に回した行動、今夜僕が成敗《せいばい》してくれるよっ」

悠里が、いきなり花月の腕に嚙《か》み付いて、もう大騒ぎだ。

「悠里…まだまだ…あなたは甘いですよ…。人生は先手必勝…。ここが銀座であれ、マッキンレーの頂上であれ、不破の一大事には私、いつだってこうやってぎゅーっと抱きしめて元気を分けてあげたいと思うのです。私、何か間違っておりますでしょうかっ…」

花月…その気持ちはありがたいが…そういうことで…人は…元気になるわけでもないと…思うんだ…。

そんなことより…道行く人が、みんな振り返って見ているから…そのことは…かなり問題じゃないかと思う…。

花月…俺…間違ってるか…？

「涼ちゃんっ、涼ちゃんはどうなのっ？　涼ちゃんの意見を聞かせてっ。こんなところで、こんなことをされて、涼ちゃんは本当に元気になってるのっ？　精神的にも肉体的にも衰弱してるだけじゃないっ？　ねえ、僕、間違ってる？　間違ってたら、教えてっ！」

なぜ、銀座四丁目で悠里が涙目で訴《うった》えるんだ…。

「わからない…そんなことより…俺ら…期末テスト…大丈夫…なのか…？」

息も絶え絶え、俺はそれだけは言っておいた。

「大丈夫です、不破――。もしご心配なら、ここでこんな状況ではありますが、積分の応用でもやってみましょう。さて、いきなりですが、地面上8メートルの高さから、初速度30メートル毎秒で、真上に投げ上げた物体t秒後の速度v(t)m/sは、

$v(t)=30-10t$で表されるとします。

それでは、いきますよ、不破、問一です。投げ上げてから、1秒後、4秒後の地面からの物体の高さを求めて下さいっ！」

えっ、な…なんで、こんな時に…。

困惑しているのに、自動的に計算し始めてしまう自分が嫌だ…。

「投げ上げてから…t秒後の…物体の…地面からの高さを…s(t)mとすれば…、

$$s(t)=s(0)+\int_0^t(30-10t)dt=8+[30t-5t^2]_0^t=8+30t-5t^2$$

$s(1)=8+30-5=33$ よって…、１秒後の…地面からの…高さは33メートルと…なる…。

それで…４秒後の地面からの高さは…

$s(4)=8+120-80=48$ で…48メートル…だ…。花月…俺…間違ってるか…？」

「大丈夫です、あってます、不破っ。では問二——その物体が最高点に達した時の地面からの高さを求めるとすれば？」

「頑張って、涼ちゃん、涼ちゃんなら、解けるよっ」

悠里…今、そういうことじゃなかったハズなのにっ…。

ああ…なのにまた頭が勝手に考えてしまう。

「最高点…に…おいては…$v(t)=0$…であるから$t=3$…よって…$s(3)=8+90-45=53$

最高点に達した時の…地面からの…高さは…53メートル…だ…」

「すごいよ、涼ちゃんっ、この調子だと涼ちゃんは今回の期末もぶっちぎりにトップだよっ。天は二物《にぶつ》も三物も与え過ぎるほど与えるんだねっ。天は涼ちゃんのためなら、いつでも出血大サービスってことがわかって、僕、嬉しいよっ！」

今度は悠里が花月を撥《は》ね除《の》け、俺にぎゅうっと抱きつく…。

だから…ここは…銀座…なんだって…。

俺の友達はみんな…どうして…。

さっき和光では、色々と動揺することが多くて、頭の中が白くなったり、ぼんやりしたり、少々落ち込んでしまったが、なんだか今はそれもどうでもいいような気になっていた。

見ると花月は、そんな俺を見ながらにこにこしている。

俺から離れた悠里も、満面の笑みだ…。

なんだかわけのわからないこの二人を見て、俺はとうとう笑い出してしまった。


見ると、この和光の並びにある真珠のミキモトの本店、その向かいにある松屋《まつや》デパート、その隣《となり》の三越《みつこし》デパートは、見事なクリスマス・イルミネーションが施《ほどこ》されている。

まるで別世界みたいに、綺麗だ…。

どこか遠い外国にでも来ているような気がする。

そんなことにも気づかないほど、先程までは心が張り詰めていた。

そうか…街はもう…クリスマスなんだ…。

「さ、不破、元気を出して、また頑張りましょうね。笑う門《かど》には福来る、ですよ」

大人顔の花月が俺の背中をぽんぽんと叩いてくれた。

「また今年のクリスマスも三人一緒だね。そして、僕らこうやって想い出が増えてゆくんだよ…。僕、つくづく無理して秀麗に入ってよかったって思う…。この頃、毎日、毎日が、宝物みたいに大切なんだ…。涼ちゃんたちに逢ってから、奇跡の連続だよ…。僕、生まれてきてよかったなあ…」

病気と闘ってきた悠里だったけど、今は本当に元気で幸せそうだ。

いつも寂しそうに運動会を見学していたあの少年はもうどこにもいない。

「じゃあこれからも三人で、元気を出し合って頑張っていきましょうね。三人揃《そろ》えば、鬼に金棒、アーンド文殊《もんじゅ》の知恵です」

「じゃあ、急いで俺のアパートに戻ろうか…。今夜はみんなどうせ泊まりだし、俺、なんか夜食を作るよ。何が食べたいんだ？」

「私はおでんです。不破が作ってくれる、揚げを半分に切ったヤツにお餅《もち》をいれて、かんぴょうでしばるヤツが食べたいですっ。あと鶉《うずら》を串《くし》にさしたヤツも入れてほしいですっ」

「あっ、じゃあ僕は、チクワブが食べたいよっ、ハンペンもっ。できたらカニ棒もっ。あっ、本物のカニじゃないよっ。カマボコでできたヤツのことだからねっ」

「じゃあ、デパートの地下だっ。しまった、もう八時を回ってるっ。でもひょっとして、最近は地下だけ遅くまで開いてるから、ぎりぎり入れてもらえるかもしれないっ」

俺は、悠里と花月を引っ張って、三越デパートの地下食品街へと走っていった。

母が亡くなった時には、もうこんな日は永遠に来ることがないだろうと思っていた。
気がつくといつも友達がいて。
笑ったり、はしゃいだり、話は尽きなくて。
賑やかで、暖かで、穏《おだ》やかな時間がそこにある。

もうすぐ十六歳のクリスマスがやって来る——。

最高の贈り物　～The heavenly gift～

「しかし不破くんはすごいね…、僕は放課後、ちょこっとしか教えてないのに、もうＢＡＳＩＣのプログラミングをマスターしてるんだ…」

翌日の水曜日の放課後、仕事に行く前の少しの時間を使って、俺は職員室にある峰岸先生のパソコンをいじらせてもらっていた。

俺が受けられる先生の授業もあと一回。

今週末には先生も優峰学院に戻られてしまうので、今のうちに色々と教えてもらおうと、図々しく課外授業を受けていた。

「貸して頂いたテキストが、とてもわかりやすかったので…割と問題なくすぐに覚えられました。先生、コンピューターって本当に便利ですね」

ＢＡＳＩＣのプログラミングをマスターすれば、行列計算も消去法による方程式も、簡単に解けてしまう。

しかし、これだったら俺が頭を使うことなんて何もなくなってしまうな…。

「でも、うちの学院の生徒は、BASICをマスターするまでに一、二カ月かかってたよ」

峰岸先生は、俺の打ち込むコンピューター画面を興味深そうに眺めていた。

第一印象はすごいエリートに見えて近づきにくい感じがしたが、結構気さくな人だった。

「いやあ、峰岸先生、実はこの不破は特別なんですよ…。あ、このコの友達の花月っていうのもそうなんですが、二人とも理数系がイヤってほど強くてですね、数学に関して言うと、二人とも高等数学の域を完全に超えてしまってるんですよ。高校の数学なんか、たぶんゲームか何かだと思ってるんでしょうね…。だから授業態度も今イチ可愛くなくて…」

ハッ…いつの間に…。

俺の横にしゃがみこんで、恨めしそうに俺を見ているのは、一年の時の担任、黒田《くろだ》先生だった。

「黒田先生、高校の数学はゲームなんかじゃないですよ。俺は俺なりに、いつも結構、苦しんで問題を解いているんです…」

「でも、小早川先生が言ってたよ…不破の数学の解法って、大学院で数学を専門に勉強している生徒とほぼ同じ解き方なんだってね…。この間、授業が終わった後、小早川先生泣いてたよ…もう僕なんて、必要ないのかも…って」

ちっ…違うっ…それは…ただ…区の図書館にそういう本があって…読んでみたら…面白かったから…。たまには違う解き方をしてみようかと思っただけで…。

「不破は英語の時間もそうだよね…。先生よりずっと上手《じょうず》に英訳するよね…。しかも先生が知らない単語も知ってたりするよね…。それにこの夏、アメリカ秀麗校に短期留学してから、発音も…ダントツによくなったよね…。先生ちょっと泣いてもいい？」

せっかくパソコンを習っているのに…どうして横からそんな話を…。

他所の学校の先生の前で恥ずかしいじゃないか…。

でもまあ黒田先生には、一年の時からいやってほどお世話になってるし、この夏、サン・フランシスコではかなり迷惑をかけてしまったし…ここはしようがない…自由に言わせてストレスを発散させてあげよう。

「不破…この機会にもっともっと、表計算とか統計処理とか、難しいことも、覚えておいてね。先生、たぶん、どーしてもそういうのとは永遠に反《そ》りが合わないと思うから、この際、不破に任せることにする。今日から不破は秀麗のパソコン大臣だ。先生がそう任命する」

ちっとも嬉しくない…。

「黒田先生…ひょっとして、ご自分の英語のクラスの試験の結果表とか、そのデータ処理とか、すべて俺にさせようとしてませんか…？」

「不破、どーして先生のこと、そんな敵みたいにして見るの…。元担任の生徒さんは永遠に先生の生徒さん。そして先生のお願いは、神のお願いにも等しいんだから、頼むね…」

これからまた、黒田先生直々《じきじき》のお願いにより、放課後の勤労奉仕が増えるのか…。

コンピューターって便利なはずなのに…この分では俺…益々《ますます》、忙しくなりそうだ…。

「へえ…不破くんは…英語も得意なの…それで…夏にアメリカ留学したの？」

しまった…峰岸先生にすべて聞かれていたか…。

「あ…いえ…留学っていうか…秀麗の兄弟校がサン・フランシスコにあって、俺ら三週間この夏期学校に参加させてもらったんです」

「それはすごいね…。若いうちに向こうで勉強できるなんて、いいことだよね。実は優峰学院もイギリスに兄弟校を持っててね、望めば、生徒はいつでもそちらで勉強できることになってるんだよ。ちゃんと単位も取れるんだ。そしてうちは奨学生制度もあってね、優峰での成績優秀者は一学期間、イギリス校で好きな授業を勉強してこられることになっているんだ。やはり今は高校もどんどん国際化しなきゃだめだよね…」

えっ…今、奨学生制度って言ったよな…ってことは、成績優秀者のみ、留学はタダなのだろうか…。

そんなわけないよな…だってイギリスくんだりまで行くんだ…。

訊いてみようか…。でも他所の学校のことだし…。俺が訊いて、もし留学がタダだとしても、俺が行けるわけでもなし…。やめとこう。

「不破、またなんか留学したそうな顔をしてるな…。あ、そっか…不破はロンドンに行ったことがあるんだっけ…あれは確か、今年の初めだったよな？」

しまった、黒田先生にすっかり心を読まれていた…。

そうなんだ…俺は今年の初め、書店クジの特賞を引いて、なんと五泊六日、ロンドン・ペア旅行を当ててしまったのだ。一人分のお金を足し、俺は花月と悠里の三人で、ロンドンへ出掛けて行ったっけ。今年のことなのに、遠い昔のようだ…。

あの時は本当に楽しかったな…。

「不破くん…ロンドンにも行ったの…ずいぶんと外国に縁《えん》があるんだね」

峰岸先生は、驚いている。

なぜ驚くのかわからない。もしかして先生は、俺が貧乏だってことを知っているのかもしれない。知っているから、そんなに何度も海外に行く俺を不審に思っている…？

いや…それはあまりにも考え過ぎだ。つい深読みしてしまった。これは俺の悪い癖《くせ》だ。

「あ…いいえ…そういうわけじゃないんです…ロンドン旅行は、書店の福引みたいなもので当たったから…留学ってわけではないんです…。ただの観光です」

「でもとにかく不破くんは理数系だけじゃなくて、語学にも堪能なんだね。あ、そうだ、じゃあ僕のパソコン用英会話ソフトを貸してあげるから、家で勉強したらいい。今時のパソコンは喋るからね。音声入力だってできるよ。音声入力は英語バージョンもあるからね。発音のチェックもしてくれるよ」

峰岸先生は、親切だった。俺がプログラミングを習いたいと言えば、すぐにテキストを持ってきてくれて、今、外国の話をすれば、英会話のソフトを貸してくれるという。

「でも、俺…家にパソコンとか持ってないですから…」

実に残念な話だ…。しかしコンピューターは、今やそこまで進化しているのか…。

「だから僕の古いのでよかったら、不破くんに一台あげるよ。使って？　不破くんパソコン好きみたいだし、そっか、じゃあ明日持ってくるね」

古いので…よかったら…あげる…？

今、あげるって…言ったよな…この先生…。

あげるって英会話のテキストか何かのことか…？

いや違う…今、確か…一台って言った。

「すみません…あの…一台って…？」

俺はつい訊き返してしまった。

「パソコンだよ。あ、もちろん、こんな大きなやつじゃなくてね、ノート型パソコンなんだけど、不破くんにあげるよ。どうせもう使ってないんだ」

体温が一気に上昇してしまった。

「えっ！　いえっ、そんな高価なものは頂けませんっ。大丈夫です、俺、『働いて』自分で買いますからっ」

あっ、しまった、『働く』だなんて禁句をこんな場所——職員室——で！　しかもかなりの大声で言ってしまった。

背中から冷や汗が流れてくるのがわかる。もう、だめかもしれない…。職員室中、静まり返って俺を見ている。

「そうなんです、峰岸先生、実は不破はね、大学を卒業して、一流企業に就職をして、初任給を頂いたら、そのお金でパソコンを購入するって決めてるんですよ、ね♥」

あっ…いつの間に…俺の背後に…那智さまが…いるっ…。眩《まぶ》しい。後光《ごこう》が射している。

俺に助け舟を出してくれているのか…。

花月…ありがとう…でも俺、別に、将来一流企業に行くとは限らないから…。一流企業は俺みたいな無愛想な人間はたぶん採りたくないと思う。

「いや不破くん、そんな大層なものじゃないよ。パソコンってね、日進月歩《にっしんげっぽ》で進化しているから、一年も経つと、すぐ旧式になってしまってね、つい買い替えたくなるんだよ。で、僕はもうこれで、三、四台、新しくしてるんだ。もし、古いのでよかったら、使ってほしいってことだけど…」

「いえっ、どんなに古くても、そんな高いものを、頂くわけにはいきませんっ」

あれって、ノート型でも軽く二十万円前後はするからな…。

「でもね、不破くん、旧式のは、例えばリサイクル・センターに持って行ったとしても、二《に》束三文《そくさんもん》でしか引き取ってくれないんだよ。どうせ僕は使わないし、誰かに使ってもらえたら、その方がずっとありがたいなって思ってたんだけど…」

使ってないのか…。

それじゃ機械が可哀想だな…。

いや、だめだ…俺だけ、そんないいものをもらうわけにはいかない…。

「そうですか、先生、ありがとうございます。不破、よかったな…峰岸先生、下さるってさ。これで不破がパソコンのエキスパートになる日も近いな…先生、嬉しいよ…」

あっ、黒田先生、そんな勝手に…決めてしまって…。

「よかったじゃないですか、不破…そしたら私、すぐにそれで不破のホームページを作ることにしますね…♥　しかし他人には絶対アクセスできないような、私と不破だけのホームページです。二人の共同作業はまず、そのパスワードを作ることです」

あっ、花月まで…勝手に…。

しかし花月、残念だが、うちには携帯以外の電話回線はないんだ。

だからホームページは無理だ。インターネットできないのだから。

「じゃあ不破くん、明日、使い勝手のいいやつを持ってくるよ。不破くんに使ってもらえるなら、パソコンも喜ぶだろうな」

なんていい先生なんだろう…やはりこの人は、優峰学院のジュニアなんだろうな…。

すごく裕福なオーラが体全体から出ているのが見える。

「でも先生、いくらなんでもただで頂くわけにはいきません…。少しでもお支払いさせて頂けたら、俺、気が楽なんですが」

「不破くんはえらく律義《りちぎ》なんだね…でも、とにかくそんなの気にしないでいいから、使って。気になるのだったら、貸し出すということにしておくよ。不破くんが飽《あ》きるまで、あるいは、就職して初任給で自分用の新しいパソコンを買うまで使っていいよ。いらなくなったら、いつか優峰学院の僕のところまで返しにくればいい。僕はずっとあの学院にいるからね…」

本当にすごくいい先生なんだな…。

うちの数学の小早川先生は今、優峰のコンピューター授業の視察で大変だと思うけど…でも、それと交換で、峰岸先生がうちの学院に来てくれてよかった。

「じゃあ先生、俺、自分で新しいパソコンを買うまで、先生のノート・パソコン、使わせて頂きます」

急に世界が広がってゆくような気がした。

たかがパソコンだけど、その中には世界各国からの色々な情報が詰まっているんだ…。

じゃあ俺…そろそろ電話回線でも引いて…インターネットをしてみようかな…。

ああ…でも電話回線って…高いんだよな…。確か、七、八万するはずだ。それにインターネットをするとなったら、プロバイダーと契約しないといけないし、すると使用料を取られるだろうし。この夏、アメリカ留学をして、貯金はほとんどはたいてしまったし…。やはり一度に何でもかんでもは無理だ…。しかし、それだったらせっかく貸してもらったパソコンも宝の持《も》ち腐《ぐさ》れになる…。

「不破、もしよろしかったら、そのパソコン、うちに持って来てお使いになればいかがでしょうか？　うちは地区のケーブル・テレビに加入しておりますので、インターネットも無料で使いたい放題です。そしたら不破は、しょっちゅううちに入り浸って下さるでしょう？」

あっ…なんでまた花月は、勝手に俺の心の中を読んでしまうんだ…。

「ね、そうしましょう。せっかくパソコンを貸して頂けるのですから」

「でも、なんか悪いよ…俺…図々し過ぎるよ」

「何が悪いものですか…あなたのためならエブリシング　オッケーですよ。不破はインターネットに興味がある。そして私は、そんな不破に興味がありますので、一挙両得ではありませんか」

一挙両得…？　あってるのか、その使い方…？

その時、職員室の扉を蹴破《けやぶ》る勢いで現れた人がいる…。

「なっちゃんっ！　また抜け駆けしてっ、どこに行ったのかと思ってたらこんなところで油売ってたんだねっ。黒板消し当番どーなってるのっ!?　黒板消し持ったまま、いつまで経っても帰ってこないからヘンだと思ってたんだよっ」

悠里…アイドル顔負けの可愛い顔をしているのに、こんなに怒って…。

自らもったいない事態を平気で呼び込んでいる。

しかし花月…掃除の途中だったのか…。

あっ、確かに両手に黒板消しを持っていた…白墨《はくぼく》にまみれたままの黒板消しだ…。

まだ叩《はた》いてなかったのか。悠里に怒られるわけだ。

「君たち三人、本当に仲がいいんだね。なんだか兄弟みたいだ」

峰岸先生がじっと俺らを見ていた。

「そうです、僕らはウルトラ三兄弟で、心はひとつですから」

悠里が誇らしげに言っていた。

すると峰岸先生は少し困ったような、苦笑いをしていた。

たぶんこれで、峰岸先生の中の名門秀麗学院伝説は脆《もろ》くも崩れていったことだろう。

男子高校生なんて、たぶんどこの学校に行っても一緒だと思う。

俺を含め、みんなそれほど大したことを考えているわけでもない。

きっと峰岸先生みたいな親切な先生のいる優峰の生徒たちも、のびのびと高校生活を謳歌《おうか》
しているに違いない。

＊

その峰岸先生のパソコン・レッスンを終え、俺は夜の仕事に行く前に、また銀座の和光を訪ねていた。

昨日のあのベテラン店員さんは、俺の顔を見るや否や、非常に申し訳なさそうな顔をした。何度も何度もごめんなさいと謝られたが、俺の方こそ、あの人たちの忙しい時間を割《さ》かせてしまって、申し訳なかったと思う。

残念だけど、やはりあの非売品の宝石箱を送ったお得意様リストは残っていないそうだ。

でも、俺には何かが少しだけわかったような気がする。

真珠の腕時計は俺の生まれる三年前のクリスマスの限定商品だった。

トカゲのハンドバッグはその一年後のクリスマス時期の商品だった。

そして、俺の生まれる一年前の年に、母は小さなエメラルドとルビーのちりばめられている、指輪をもらっていた。

そのエメラルドの緑とルビーの赤が、クリスマスのシーズンを物語っている。

結局、よくよく考えると、贈り物のほとんどが、クリスマスのプレゼントだったのだ。

そして、あの宝石箱は、最後に指輪をもらった年に贈られたというのもわかっている。

母は色々な想い出の品を、最後にもらった宝石箱に詰め、それから父と別れているのだ。

だってその年以降のプレゼントは何も残っていなかった。

母はきっと、身ごもっている自分を、父に知らせるわけにはいかなかったのだろう。

おなかの大きい自分を、父に見せるわけにはいかなかった。


…だって涼…お母さんは何もいらないのよ…

…お母さんにとっては、涼が最高のプレゼントだからね…

…これ以上望むのは、贅沢だと思っているの…


小さい時、幼稚園で、クリスマスにはプレゼントをあげたりもらったりするのだということを聞いて、俺は急いで家に帰って、母に何かほしいものはあるかと訊いた時、母はそんなことを言ったのだ。

今になって、その言葉の重さを感じてしまう。

父からもらった、最後のプレゼントは俺だったのか？

そんなのって、欲がなさすぎる。

どうして母は、自分の愛する人も手に入れて、その人と俺と三人で暮らすことを願わなかったのだろう。

俺だけいれば幸せだなんて、そんなの…やはり、俺にはわからない。

母の思いは…いったいどこにいってしまうのだろう…。

＊

「どうしたの、涼…今夜は元気がないのね…。学校の勉強が忙しくて大変なの？　そう言えば、もうすぐ期末テストだものね…」

ナイト・クラブでお客様の帰った後のテーブルを片づけ、水仕事をしていると、ママに声をかけられた。

「いえ…そうじゃないんです…すみません…俺、ぼおっとしてしまって」

客商売は笑顔が大切だった。

店の者が暗く沈んでいたら、お客さんも楽しくないだろう。

「田崎社長から聞いたわ…お母様の形見が…戻ってきたのですってね…」

田崎のお父さんは、俺のことが気になるのか、よくママの店に来ては俺の様子を尋ねている。

そしてこのママも俺の境遇をよく知っている。

俺がすべてを話しているからだ。恩人のママには隠し事をしたくない。

「うちの母は…決して贅沢をしない人だったのに、たくさんの高価なものを持ってました。たぶん…すべて俺の父親からのプレゼントだったのだと思います…」

でも、結局そういった品々で母が幸せになったわけではなかった。

父はどうして、母を幸せにしてくれなかったのだろう。

そんなことを思っても、今更どうにもならないことなのに。でも、母のことを思うと、そう考えずにはいられなくなってしまっていた。

「お母さんにとっては、涼が一番のプレゼントだったのよ…。こんないい息子に恵まれて、短い生涯だったけど、あなたのお母さんは幸せだったわよ。あなたを見てると、お母さんの気持ちがわかるわ…」

…だって涼…お母さんは何もいらないのよ…

…お母さんにとっては、涼が最高のプレゼントだからね…

…これ以上望むのは、贅沢だと思っているの…

ママは、俺の母親と同じようなことを言った。

「でも、俺にはそういうのってよくわからなくなりました。だってどうして俺だけで幸せになれるんですか…もっと欲張ったことを考えたってよかったはずです」

「それは涼がまだ子供だから、わからないのよ。涼がもう少し大人になって、人を愛するようになったら、きっとお母さんの気持ちもわかるようになるわ」

ママは煙草《たばこ》に火をつけると、紫の煙《けむり》をくゆらせた。

「愛情は、形じゃないの…。生きてゆく力、そのものなの。家庭があるとか、ないとか、結婚しているとか、してないとか、そういうことじゃないの。自分の命を捨ててでも守りたいものがあれば、それで人は幸せになれるのよ…。それが生きるってこと。涼のお母さんにとっては、あなたの誕生が何よりの幸せとなったのよ」

ママは会ったこともない俺の母親の気持ちが、まるでわかるようだった。

「だって涼は、こんなに愛情深い、優しい子に育っているでしょう…？　それだけでお母さんが、どれほど一生懸命あなたを育てたかがわかるのよ。お母さん自身が幸せじゃなかったら、あなたはこういう風には育たなかったはずよ」

ママはまるで、俺の母親の気持ちを代弁しているかのようだった。

「涼、女の人はね…たった一人でいいの…たった一人でいいから、愛する者がいれば、幸せになれるの」

最後に少し寂しそうに呟いていた。

それはまるでママ自身が、どこかでその愛する者とはぐれてしまったような言い方に聞こえてしまった。

男の俺にはわからないことも、女のママにはわかってしまうのだろうか。

そうだとしたら、たぶん俺の母親は、ママの言う通り、俺がいるだけで幸せだったのかもしれない。

贅沢をしない人だったから、多くは望まなかったのだろう。

もう少し欲張ってもよかったと思うのだけど、母は欲張らなかった。

そんな母親を、天国の神様は愛おしく思ったのだろうか。

だからあんなに早く側に呼び寄せてしまった。

母は今、どうしているのだろう。

俺が幸せなら、母も幸せなのだろうか——。

その答えはいったいどこにあるのだろう。

誰か教えてほしい。

想い出の場所　～The place unforgettable～

「あれ…皇《すめらぎ》じゃないか…いったいどうしたんだ、こんなところで。待ち合わせでもしているのか？」

翌日――木曜日の放課後、悠里のお兄さんが連れて行ってくれたファミリー・レストランでばったり会ったのは、クラスメートの皇佑紀《ゆき》だった。

空っぽのコーヒー・カップを目の前に、彼はぽつんと一人、ベンチ・シートに座っていた。

時間は七時半を回っている。

皇は高校一年まで、病気の父親を助けるために、イシマエルという名でファッション雑誌・テレビのCM等に登場していたトップ・モデルだ。

顔が小さくて、手脚《てあし》が長くて、肌《はだ》が透《す》けるように白くて、八等身はゆうにあるその体型は日本人離れしている。

しかし目が悪くて、普段は分厚いレンズの眼鏡をしているので、彼がそのモデルだと気づく人間はほとんどいない。眼鏡が彼の身の安全を守っているのだ。

しかし今は学業に専念し、すっかりモデルの仕事から足を洗っている。

その彼には俺と同じく母親がいない。

四歳の時に離婚してしまったそうだ。

母親はなんと、今を時めく大女優の鮫口佑子《さめぐちゆうこ》である。その彼女は皇の父親と離婚した後、すぐに映画監督と再婚して、今は二人の子供がいる。

皇は俺と同じく、非常に複雑な家庭の事情を持っていた。


「佑紀ちゃん、ひょっとしてデートなのっ？」

悠里は真ん丸の目をさらにさらに丸くして尋ねている。

「そうしたら、こんなところに私たちがわいわい押しかけているのは、まずいでしょう？雰囲気ぶち壊しですよね」

花月も俺らと一緒である。

今晩これから三人で、夜通し試験勉強をするので、悠里のお兄さんの遥さんが、まず腹ごしらえをしなければいけない、と俺らをファミリー・レストランに連れてきてくれていた。

いつも、こんなに優しくしてもらって、いいのかと思う。

「まさか…こんな試験前にデートじゃないよ。試験勉強…。ここ、落ち着くんだ。コーヒー、何杯でもお代わりできるし」

だけど、皇のテーブルの上には教科書一冊、鉛筆一本のっていなかった。

「そうか…それならいいけど…皇、夕飯、もう食べた…？」

俺はなんだか気になってしまう。

このまま素通りなんてできなかった。

「えっと…ご飯は…これから…なんだ…。さっき来たところ…だから…」

さっきじゃない。テーブルの上にある伝票に、入店時間五時二十七分というのがコンピュータで打ち込みされているのが見えてしまった。

皇はかれこれ二時間ほど、ここにいる。

「じゃあ、一緒に夕飯を食べようよ…もっと広いテーブルに移ってさ…」

このままとても、皇を一人にすることはできなかった。

彼は明らかにいつもと様子が違っていたから。

「そうですよ、不破の言う通りです。そしてもしよろしかったら、食後は不破んちで一緒に勉強しませんか…？　不破さえいれば、今回のテストも乗り切れます」

花月もすぐに、目の前のクラスメートを仲間に誘う。彼にも皇の異変がわかっている。

皇は俺が学院に秘密にしている事柄のすべてを知っている親友の一人だった。

俺が退学勧告を受けた時にも、必死に学院長に抗議してくれた友人だ。

俺にとっては大切な友達だ。放っておけるわけがない。

「涼ちゃん、こっちに五人かけられるテーブルが取れたから、お友達も呼んで、一緒にみんなでご飯を食べようよ」

遥さんが、遠くから手招きをしている。

「あの人、悠里のお兄さんなんだ。皇も一緒にご飯食べようって」

俺は皇を強引に誘った。

「でも…悪いよ…俺、邪魔になるから…」

皇はふさぎこんだ声で言う。

「邪魔なわけないだろ。食事は大勢の方が楽しいよ。せっかく会えたんだから、一緒にご飯くらい食べようよ、な？」

俺は、シートに置いてある皇の学生鞄を持ち上げる。

席を移動しようということだ。

「それにさ、こんなに大勢だと、なんかちょっと早めのクリスマス・パーティーみたいで、きっと楽しいよ」

俺が言うと、皇がようやく少しだけ笑ってくれた。

そして同級生はゆっくりと立ち上がる。その笑顔を見て、俺もほっとする。

奥の席では、遥さんと悠里が満面の笑みだった。

あっ、しかしっ…気がつくと…花月が…背後から俺に近づいているじゃないかっ。

こ…この雰囲気は…いつものっ──。

「か…花月っ…ここは家族が和気あいあいと集うお食事処なんだから、わかるよな…？　いつものような傍若無人《ぼうじゃくぶじん》な行動は慎《つつし》まないと、人として…たぶん許されないと思う…そういうのは、明日の朝、二Gの教室に行くまで、取っておいたらいいじゃないか？　お前、大人だから、俺の言っている意味わかるよな？」

例のごとく、ぎゅうっとされる前に、クギを刺しておく。

「ふう…いい勘《かん》してますね、不破…さすがです…。だって不破があまりにもステキでキラキラしているから、この花月、つい場所もわきまえず…」

やはりそうだったのか…。危ないところだった。

その会話を聞いて、皇が声を上げて笑いだしていた。

*

皇は食後、誘われるまま、俺のアパートに来ていた。

父親にも連絡をして、今日は四人で泊まりの試験勉強となる。

今年初めの十六歳の誕生日に、田崎のお父さんから頂いた家具調こたつが、今夜は満席である。

「実はあのファミレス…母親と最後に外食をしたところでさ…俺…四歳だったけど、ちゃんと覚えてるんだ…写真も残っててさ…あそこのファミレス、誕生日の人にはケーキにキャンドルを乗っけて、持って来てくれるんだ…。ポラロイドで写真も撮ってくれてさ…」

英文解釈の問題を解きながら、皇は、突然そんなことをぽつりともらした。

日が変わって、金曜日――午前零時を回った時だった。

「昨日は母親の誕生日でさ…えっと、あの人いくつになったのかな…俺が四歳の時、二十七だったから…そうか…もう、三十九歳になったんだ…」

昔、売れない劇団の舞台女優だった皇の母親も、今は押しも押されもせぬ名女優だ。

「昔、最後にあそこで、母親の誕生会をしてさ、年が明けたら、両親は離婚したんだ。その最後の誕生会の夜、俺と親父《おやじ》と母親の三人で、とても楽しかったことを覚えてる。それでも親って、離婚しちゃうんだよなあ…。でさ、俺、あの母親のこと大嫌いで、今でも憎《にく》んでて、どうして俺と親父を置いて、勝手に家を出てって、自分は映画監督かなんかとひっついて幸せになって、子供二人も生んで…俺には一度たりとも会いに来なくて…、本当に大嫌いなんだけど、秀麗中学に入った年から…俺…あの人の誕生日になると…なんだかわからないけど、あそこのファミレスに行っちゃうんだよ…。天下の鮫口佑子が今更ファミレスなんかに来るわけないって知ってんのに、でももしかしたら来るかもしれないって、あそこに行っちゃうんだよな…。それで俺は、母親が来たら文句を言ってやろうと思って…父親が体を壊したのも、全部お前のせいだって言いたくて、五年も…連続で…行ってるけど…。来るわけないんだよな…」

皇のノートにぽとぽと涙が落ちていった。

俺も花月も悠里も、言葉を失っていた。

だからなのか——先程、一緒に食事をしていた時、あのレストランの自動ドアが開く度に、皇はハッとしたように何度も何度もその入り口を見ていた。

「ごめんね、佑紀ちゃんっ、僕、何も知らなかったから、バカ騒ぎしちゃって…。ホントにごめんねっ…昨日はそんな大切な日だったなんて、知らなくてっ…」

悠里が声を震わせて、わっと泣き出した。

「違うよ…悠ちゃん…ベツに大切な日ってわけじゃないんだ。なんか…なんていうのか…あの日は…一年で一日だけ…自分の母親のことを…少しだけ許せる日なんだ…。母親のこと好きだった自分も思い出せるし、家族三人で楽しかった時間も思い出せるし…。年に一度だけ、ちょっと昔に戻りたくなるんだ。そういう日だっただけ…」

それなのに俺は今夜、強引に皇のことを、自分たちの仲間に引っ張りこんだりして…。

そっとしておいてあげればよかった…。

俺は激しい後悔の念でいっぱいになる。

「でも、やはりあそこにいて、時間が経つにつれ、母親が現れないことを思い知ると、段々と惨《みじ》めになってゆくんだ。だって、あの人は今夜きっとどこかで、大勢の人間に囲まれて盛大に誕生会をしてもらってるに決まってるだろ…？　なのにどうして、俺は…あんなところに行ってしまうんだろうな…。俺って、本当にバカなんだ…。毎年そう…。だから…今夜、不破たちに会った時…ほっとした…。一人だともうやりきれなくなってたんだ…。誘ってもらって…救われた…。寂しくて、どうにかなりそうだった…。声をかけてもらって…よかった、みんなの顔を見た瞬間、助かったって思った…」

皇はこたつの上に、顔を伏せて泣いてしまった。

そして拳骨《げんこつ》でそのテーブルを叩いていた。

「皇、私たちは友達じゃないですかっ。寂しい時は、いつだって声をかけて下さいっ。そのために仲間っているんでしょうっ？　違いますかっ？」

花月も目にいっぱいの涙をためて、叱るようにそう言った。

天国に召されて、二度と会えなくなった俺の母親。

この世に生きているのに、やはりもう会うことは叶《かな》わなくなった、皇の母親。

比較することなんてできないが、どちらも同じくらいに耐え難いことだった。

「俺…バカだから…来年もまた、あのファミレスに行ってしまうかもしれない…。会えない

ことがわかってて…きっとまた行ってしまうんだ…」

皇は項垂《うなだ》れたまま、そう言った。

「そしたら、その後、またうちに来ればいいだろ…？　俺、その日のこと、ちゃんと覚えておくから、皇、遠慮なくここにおいでよ。俺、待ってるから…」

俺はもうそれしか言えなかった。

「ありがと…そう言ってもらえると、すごく…嬉しい…。俺、ホントにどうして…こう、バカなんだろうな…」

皇は何度も何度も自分のことをバカだと言う。

「違うよっ、佑紀ちゃんは、バカじゃないよっ。佑紀ちゃんは優しいから、お母さんのこと憎んでるって言っても、本当は早く許したくてしようがないんだよっ。だから想い出の場所に、毎年行ってしまうんだよっ。佑紀ちゃんは、すごく…優しい…親思いのいい息子だよっ。バカなんかじゃないっ」

また悠里がわっと泣いてしまう。

「悠ちゃん、ごめんね、悠ちゃんまで悲しい思いをさせちゃったね…。でも俺、なんか、今夜ようやく、少しだけ心が楽になったよ…。このことずっと誰にも言えなくてさ…。もちろん父親にも言えなくてさ…自分の中の闇《やみ》の部分として受け止めてて…でも、今、みんなにこのことを話したら、少し気持ちが軽くなった…」

皇は涙を拭いて、そう言った。


毎年、想い出の場所に、足を運んでしまう俺の友達。

その切なさに、俺は胸が張り裂けるようだった。

いつか彼が、心を開いて母親と話ができる日が来るといい。

生きているのなら、その願いは叶うはずだ。

自分のおなかを痛めた子に会いたくない母親なんて、この世にいるわけがない。

そこにはきっと、会うに会えない——皇も知らない——深いわけがあるのだろう。

どうか、誰か、いつか——俺の友達をこの闇の中から救い出して下さい。

俺には、そう祈ることしかできなかった。

*

その皇のことがあった瞬間から、俺はふと、勝手なことを考えるようになっていた。

人は忘れられない想い出があると、その想いをもう一度甦《よみがえ》らせようと、それが実現不可能なことだとわかっていても——その場所へと再び足を運んでしまうのではないかと——。

五年も続けて、毎年母親の誕生日になると、想い出のレストランに足を運んだ皇のように。

俺の母親と父親の想い出の場所はどこかにあるのかもしれない。

母親がある日突然、父の前から姿を消してしまったとしたら、きっと父は必死に母のことを探しただろう。

そして結局、探しても探しても、見つからなかったら…。父は…想い出の日の…想い出の時間になると…想い出の場所へと…足を向けるかもしれない…。

俺は、そんな自分に都合のいい解釈をして、勝手な想像を巡らせていた。


そんなこと——あるわけないのに。

父親がそんなことをするような人だったら、もうとっくに俺のことを探し出してくれていてもいいはずだ。

そして俺はまた、見たことも聞いたこともない自分の父親のことを、少し恨みがましく思うことにより、自分の気持ちを楽にする。

期待しすぎると、後で辛くなるから。

＊

「で、どうなの、不破、次――ここの訳」

しまった……黒田先生が俺を指していた。

見ると、花月が必死に俺の腕を肘《ひじ》で小突《こづ》いてくれて気がついた。

今は英語の授業中だった…。

どうにもならないことばかり考えているので、こんな事態に陥ってしまう。

「不破、ここですよ、ここ、この文です」

花月は親切にも、俺のテキストをさっと開け、指定された場所を教えてくれる。

「あ…ああ…あの…えっと…訳します…『インターネットの…驚くべき…人気の理由のひとつは…それが言葉だけでなく、映像や音声も伝達できるという事実です…。それはモザイクと言われる…素晴らしいソフトウェアを通じて…行われ…ます…』」

おかしい…どうしてこんなに難しい文が、高校の授業に出てくるんだ…。

しかし、指名されてしまったのではしょうがない…先を訳そう。

「『そして、もうひとつのインターネットの人気の特徴は［ウェブ］で…利用者が…瞬時にアクセスできるよう…様々な資料から…データを集め…て…ひとまとめにしていることです…』」

ヘンだ…文が長すぎる…切れるところがない…まだ、訳さないといけないのか…？

もう充分だろう？

しかし、黒田先生は腕組みしたまま、俺に先を続けさせようとする。

「『しかし、大きな問題も残されていることは…事実です…。それは…インターネットの広範な利用がもたらす…社会的…倫理的な影響です…。現在、オンラインの利用者は、どんな種類の情報でも…送信、受信、可能であり…これによって、国家の安全の問題が生じることもあることを…忘れてはいけません…』」

あっ！ 違うじゃないかっ、これはテキストはテキストでも、初心者向けパソコンのテキストで、アメリカ直輸入版のものだった。向こうの高校生向けに作られたものだ。

先日、峰岸先生から貸してもらった一冊だった。

花月…ひどい…俺をはめたのか…。

親友だと思っていたのに…。

「だって、不破がぼーっとしてるから…たまには愛のムチを入れようと思いまして」

涼しい顔で、そんなことを言うのは、隣の席の仕事人だ。

自分はしっかりリーダーの教科書を開いて、辞書なんかを引いたりしている。

「そうだね花月…友人として、そういう厳しい態度に出ることも時には必要だよ…。先生、花月の取った行動は、間違ってないと思うよ」

わっ！ 黒田先生が、俺のパソコン・テキストを取り上げてしまった。

「不破頭取――。確か、アナタ、頭取だったよね。学年をまとめる役目の…。イワユル、秀麗の顔？」

先生の声が怒りで震え出している。

しかも、怖い…発音が語尾上げになっている。

「す…すみませんっ…俺、ぼうっとしてて」

「ぼうっとしてても、不破はすぐにこんな難しい文を訳せちゃうんだね…英語より、今はパソコンが大好きなんだね…」

「ごっ、ごめんなさいっ、違うんです、黒田先生っ、俺…放課後の勤労奉仕、いくらでもさせて頂きますからっ」

なんでこんなことになってしまってるんだ…俺…。

「そうか、不破、あっぱれ…。そういう潔《いさぎよ》い態度なら、先生、許すことにするね。じゃあ、取り敢えず、今日の放課後、中三の小テスト〇つけ百五十人分、アーンド、そのデータをまとめて、パソコン入力して、表《ひょう》とかにしてくれる？　いつも悪いねー」

ああ…みんな…大爆笑だ…。

最前列の悠里だけ、少し泣いてくれているみたいだ…。

でも…俺って、ほとほとだめな学年最高頭取だ…。

学年の途中だが、もうこの際この役職から、降ろさせて頂けないだろうか…。

「不破…来年も学年最高頭取、引き続きお願いしますね…。あ、来年は高三だから、学院最高頭取でしたね♥」

花月は生き生きしているが…俺は嫌だ…。

俺はもう一切そういう、分不相応な、堅苦しい肩書は身につけたくない。

「あ、それと不破、高一の冬休みの宿題に、長文読解を出そうと思っているんだけど…それも…先生、入力…お願いして…いい？」

ふう…。

花月…先日はマフラーを編み上げてくれて…それは暖かくてとても気に入っていて、俺、この頃、毎日、それを首に巻いて登下校しているけれど…この仕打ちはちょっと冷たすぎるのではないだろうか…。

「あ…不破、怒ってますね…白目のところがそんなに青くなってしまって…。勤労奉仕、ちゃんと私も手伝いますから、許して下さいね…」

そんな雅《みやび》な顔で上品にほほ笑まれると、怒る気も薄れてゆく。

手伝ってくれるのなら、今回は許すことにしてもいいけど。

しかしもう、どうでもいいことで頭を悩ますのはやめよう。

想い出の場所なんて、きっとどこにもないのだから。

指輪が教えてくれる ～The ring tells it～

今日で峰岸先生も秀麗を去ってゆく。

あっと言う間の二週間だった。

俺は放課後すぐに、お礼かたがた、職員室へと挨拶に行っていた。

「本当にこの間は、あんなにいいパソコンをわざわざ持って来て下さって、ありがとうございました。俺、期末テストが終わったら、花月の家に行って、インターネットとかもしてみたいと思います。あと、英会話のソフトも使わせて頂いて、すみません。あれ、ものすごくよく出来てて、俺、感激しました」

俺が一気に喋ると、峰岸先生は、目を細めていた。

先生から貸して頂いたパソコンは、旧式だなんてとんでもなかった。たった二年前の製品である。性能は抜群にいい。

しかしそれでも、パソコンに詳しい人にとっては、旧式になってしまうのだろうか。

もったいない話だ。

「しかし不破くんは、本当に勉強家だね。パソコン、随分気に入ったみたいだね」

実は気に入ったなんてもんじゃなかった。

いじっていると、あっと言う間に何時間も過ぎてしまう。

「でも本当に、文明の利器ってすごいですよね。なんかこう、目から鱗《うろこ》が落ちたっていうか…とにかく驚くことばかりです」

思い出すだけで、感動が甦る。

「うちの学校にも、不破くんみたいに――学ぶことについて、いい意味で貪欲《どんよく》な生徒がたくさんいると、ありがたいんだけどなあ…。どう、不破くん、いっそうちの学院に転校して来ない？　そしたら他の生徒も刺激を受けるだろうし…」

こんな峰岸先生でも冗談を言うのだな。

「不破くん、僕、冗談で言ってるんじゃないよ。考えてみて。不破くんは成績優秀だから、うちの学校では卒業まで、どんなことがあっても学費は一切いらないし、一学期間、優峰イギリス校に無料で留学できるし、その飛行機代も学院が出すけど、どうかな…？　それにうちの学院はコンピューター類はとにかく設備が整っているし…。そうだ、それに不破くんだったらうちの学院の推薦をもらえるから、どんな大学にでも行けるよ」

夢のような話だ。

「すごくいい話ですね。あーあ、秀麗もそうだったらいいんですけど」

「不破くん、僕、本気だよ。それにね、そうだ、うちの学院は寮があるんだ。日本中から生徒がやって来るから、地方から入学した子たちは、学院の寮に住んでいるんだよ。不破くんだったら、奨学生として、やはり無料で入寮できる。そして卒業まで何の心配もなし」

この先生…やはり俺の境遇を少なからず知っているな…。いや、絶対に知ってる。

たぶん、うちの学校の先生から聞いたんだろう…。

非常に魅《ひ》かれる誘いだけど、そういうわけにはいかない。

「本当に、秀麗も優峰みたいな環境だったらいいんですけど…」

俺はついため息をついてしまう。

だって、今学期の期末テストの結果が悪かったら、俺は来学期の奨学金が受けられなくなってしまう。

そうなると当然自費で通わないといけなくなる。今の俺には微々《びび》たる貯金しかないし、そうなると冬休みはいつも以上に、朝昼晩とバイトに励んで…。

俺だって人間なんだから、いつも必ず、いい成績が取れるとは限らない。

調子の悪い時だってある。

試験前に風邪でもひいて、高熱を出してでもしたら、完全にアウトだ。

そんなことを考えるだけで、なんだか胃が痛くなる。このようにいつもギリギリのところで生きている。

「だからさ不破くん…高三から…いや、来学期から、優峰に転校しておいでよ。秀麗には僕が話をつけるから。うちの学院はいつでも君を歓迎するよ」

余りにも熱心に峰岸先生が誘ってくれるので、俺はつい真剣に聞いてしまった。

でも、そんなこと、できるわけがないじゃないか。

「不破くん、うちはね、バイトもしていいんだよ。優峰学院の規則はそんなに厳しくないんだ」

一瞬、どきっとしてしまった。

まさか…この先生…俺が仕事をしていることを知っているのか…?

いや…知っているわけがない。

なのに、何で俺はこんなことくらいでびくびくしてしまうんだ。

顔色を変えたら、気づかれてしまう。

平静を保つんだ。

「先生、俺…それでも秀麗が気に入ってますから…。優峰も素晴らしい学校だってことはわかってますけど…。でも、中三の時にもし優峰のことをもっと詳しく知っていれば、俺、きっとそちらに進学してましたね…」

やんわりと断っておいた。

だって一生懸命、言って下さる先生に悪くて。

先生が冗談じゃないってことは、わかったから。


その時、遠くから黒田先生が俺を探してやって来た。

その手には何か資料みたいなものをどっさりと持っている…。

ということは、どうやらまた勤労奉仕のお願いみたいだ。

期末テストが来週月曜日から始まるのに。

秀麗は苛酷《かこく》だ。

いや…違う…厳密に言うと、秀麗の元担任は苛酷だ。

「そうだよね…確かに…もう、高二の二学期だものね…転校は無理だよね…」

峰岸先生は、諦め切れない様子で、だけどもうそこで会話をやめてしまった。

先生は本気で、俺のことを優峰学院に誘ってくれていた。

あの自信たっぷりで前途洋々な先生が、一瞬、困り果てた顔をしていた。

「でも先生、二週間でしたけど、楽しかったです。そして本当に色々とためになりました。

ひとつ新しい扉が自分の中で開かれたようです。あの、また何かわからないことがあったら、
教えて下さい」

俺は笑顔で、だけど本気でそう頼んだ。

もっともっとコンピューターのことを知りたかった。

どうして俺は、こういうことに関して好奇心が強いのだろう。

「もちろんだよ、不破くん、そうしたらいつでも優峰に遊びにいらっしゃい。同じ東京の中にあるのだから、遠慮なく遊びにおいで。待ってるから」

峰岸先生は少し笑顔になって、俺に名刺を差し出してくれた。

そこには優峰の住所、電話番号、FAX番号、先生専用のパソコンのメール・アドレス等が書かれてあった。

学校法人　優峰学院
副学長　峰岸優仁

えっ——。

よくよく見ると、驚いたことに、この先生は数学の教師であると同時に、この若さで副学長の役職についていた！

となると、やはり学長は先生の父親だろうか。

そして息子である峰岸先生が、ゆくゆくは跡《あと》を継《つ》ぐのだ。

ということは、今回の秀麗での授業は、優峰の将来をかけた本気の視察だったのかもしれない。

自ら何かを経営してゆくということは、本当に大変なことだと今更ながらに思った。

でも、これほどまでに熱心な後継者がいる優峰学院は、これからもどんどん発展してゆくことだろう。

しかし俺らの学校での様子などを視察して、何らかの成果はあっただろうか。

男子高校生の実態なんて、どこの学校でも同じだと思うが…。

少子化が進む現代で、学校経営はこれからも益々厳しくなってゆくのだろう。

トップを目指してゆくということは、いつだって終わりなき戦いなのだ。

安心したり、油断したとたん、見事にそのレースから脱落してゆく。

これは、何にでも当てはまることかもしれない。

＊

峰岸先生が優峰学院に戻られ、丸まる一週間が経ち、土曜日の朝、俺は学院の昇降口に貼られている、二学期の期末テストの結果を見て、安堵のあまりその場に座り込みそうになっていた。

もう、こんなこと何度も繰り返しているのに、慣《な》れるってことがない。

よかった…九教科中…八百九十七点…で…学年…一位…だ…。

試験期間中、ちょっと胃がしくしく痛んだり、風邪気味っぽかったりしたけど、何とかトップを維持している……。

これで三学期も……秀麗に通える。

そんな脱力状態にある俺の横で、もっと激しい脱力状態に陥《おちい》っているのは、クラスメートの森下葉《もりしたよう》だった。

森下はすっかりその場にしゃがみこんでいる。

「どうした、森下……しっかりしろよ。今回、四位だけど……これだったら来学期も奨学金、繰り上げで大丈夫じゃないか？」

この森下も俺と同じく奨学金『命』の生徒で、毎回、順位と戦っている俺の戦友だ。

母子家庭で、その母親が最近職場で、一年毎に契約しないといけない派遣社員になってしまったので、自費で私学に通うのは家計をかなり逼迫《ひっぱく》するらしく、時折俺と一緒に肉体労働に従事する道路工事仲間でもあった。

非常に親孝行な息子である。

そして奨学金がもらえるのは上位三位までだが、上位に入っても、親の年収が一千二百万円を超える家庭の子息は、奨学金を辞退するということになっている。

ゆえに今回、二位の花月、三位の城田《しろた》はそれに相当するので、四位、五位の生徒が繰り上げ奨学生となる。ゆえに森下は来学期も金銭的な苦労から解放される。

「不破くん、こういうのって体に悪いよね…。僕、あとこういう戦いを一年繰り返すと思ったら、気が遠くなる…」

やはり森下は俺と同じように悩んでいた。

「大丈夫だよ、森下。だめならだめで、その時考えればいいじゃないか。先のことを考えたって、どうにもならないんだから。それでもし、万一の話だけど――奨学金がもらえなくなるような非常事態に陥ったら、俺、その時はなんかすごく効率のいいバイトを森下のために見つけてくるよ」

俺は小声で言いながら、自分自身にしっかりとその言葉を言い聞かせていた。

だって、本当に先のことを考えて、くよくよしたってしょうがない。

大切なのは、今をいかに一生懸命生きるか、だ。

その今に、悩んでいたら、全力投球できなくなる。

「でも不破くん、僕、援助交際とかそういうのは無理だからね。不破くんだったら一晩で、一カ月分くらいの授業料を稼ぎ出すと思うけど」

――――！

「なっ、何を言ってるんだ、森下っ。どうしてこんな晴れがましい爽《さわ》やかな朝だっていうのに、そういう超後ろ向きの発想になるんだっ、お前、そういう人間じゃなかっただろ？　森下のいいところは苦労してもそれを顔に出さず、常におおらかな気持ちでいるハズだったのにっ。それが、森下の売りだろっ？　違うかっ？」

「冗談だよ不破くん…ごめんね。僕、今、あまりにほっとし過ぎたため、思考回路が混線してるんだ。そんなに怒らないでよ…。あ、そうだ、じゃあ明るい話題をひとつ提供するよ。不破くんが今言った『売り』って言葉で思い出したけど、実は昨日、学院の隣の駅前に、『ニコニコ電器』のチェーン店がオープンしたから、この土・日に行くと、何も買わなくても、ご来店のお客さん全員にもれなく非常用ミニ懐中電灯がもらえるよ。それで三千円以上お買い求めのお客さんには、次回購入商品一点に限り、二十五パーセント引きチケットも配布するって」

森下…またそんな、お得な情報を教えてくれたりして…。

だから俺、好きなんだ…森下のこと…。

「ありがとう…俺、早速行ってみるよ…。でもよくわかったな、隣の駅のことまで…」

「職員室にあった峰岸先生のパソコンをいじらせてもらった時、ネットで調べたんだ。何かいい情報はないかと思って…」

森下も俺と同様、峰岸先生のコンピューターの恩恵に与《あずか》っていた。

振り返るとあの二週間は、俺らにとって本当にありがたい二週間だった。

しかし、そんなことより、先程から、片腕が妙に圧迫されている…。

「涼ちゃんっ、学年一位おめでとうっ。もう僕、自分のことのように、嬉しいよっ」

見ると悠里が、俺の腕にぎゅうっとしがみついていた。

あっ、感動のあまりか、うっすらと涙を浮かべている…。

この悠里にはいつも、自分の生活のことで心配をかけている。俺が奨学金を取れるかどうかということは、こちらの幼なじみにとっては大問題なのだ。

「悠里、ありがとう…（腕が重いけど…）悠里たちと毎晩一緒に、勉強したお陰だ…。俺、何とか来学期も大丈夫そうだ」

実は俺は試験勉強自体はそれほど嫌いじゃなかった。

なぜならその期間、悠里や花月や、それプラス色々な友達——皇やら時には速水、そしてこの森下なども俺のアパートに続々と集まってくるからだ。

古くて狭くて、冬は透き間風で思い切り寒くなる俺のアパートが、試験期間中はえらく賑やかで、暖かかったりする。

そういう時は、本当に楽しくて、これだったら試験期間が永遠に続いてもいいと思ってしまうほどだ。

俺にとって、何よりの宝物は友達と過ごす時間だった。

しかし九百点満点中、八百九十七点ってことは、三点どこかで引かれている…。

おかしい…ほとんど完璧《かんぺき》だと思っていたのに…。

「どうせまた、名前を書き忘れたんですよ…」

ハッ…この声は…今朝はまだ姿が見えないと思って安心していたが…背後から声がする。

ぎゅうー。

やっぱり…そうだった…か…。

重い…そして、苦しい…けど…、今朝は許そう…。来学期の奨学金ももらえることになったし…。

「花月…おはよう…花月も二位…おめでとう…。でも、相変わらず…すごいな…うちに来てた時、お前、ほとんどキチと遊んでいたような気がしたけど…楽々上位なんだな…。花月、俺よりよっぽどできるよ…」

そうなのだ。背中にしがみついている相棒は普通じゃない。

俺が必死でガツガツ勉強している横で、花月はうちの猫に言葉を教えたり、芸を仕込んだりしていたりする。

頭の中の構造が、俺とは根本的に違うみたいだ。

「何をおっしゃいますか、不破が懇切《こんせつ》丁寧に試験の山をはって下さり、暗記事項をまとめて下さり、難しい問題は噛んで含めるように説明して下さり、夜食には釜揚《かまあ》げうどん、デザートには蒸し林檎《りんご》のシナモンがけと、毎晩至れり尽くせりだったからこそ、私は二番に、森下

は四番に、悠里は夢の二桁《けた》台に突入の九十八番。皇は百三十五番、速水は二百十七番へと、全員が全員順位を上げているのです。あ、私と不破は前回と同じですね…。しかし、同じ順位をキープするというのもまた、大変な苦労です」

そう言えば、速水は確か昔、三百人中三百番で秀麗を退めようとまで悩んでいた時期があったが、今や、全員秀才が当たり前の秀麗で、二百十七番だなんて、大健闘だ。

みんな…それぞれ…頑張っているんだ…。なんだか俺まで嬉しくなる…。

で、俺の三点はいったいどこで引かれているんだろう…。

 引かれるとしたら、たぶん英語かなんかだろうな…。時々、LとRの綴《つづ》りを間違えてしまうんだ…。

こういうケアレス・ミスが一番悔しい。

「まあ不破、三点くらいいいではありませんか。ご愛嬌《あいきょう》ですよ。日本銀行の紙幣なんかも、何かの拍子にちょこっと印刷がずれてしまったりして、それがまたうっかり世の中に出回ったりしたら、えらいプレミアものになったりするのですよ」

そういうこととはまったく違うような気がする。

そして花月はようやく俺を解放してくれるが、三点だからこそ、やはり残念だ。

あっ…そんなことより、向こうから黒田先生がやって来る…。まさか、朝から勤労奉仕のお願いなのかっ？

「花月、悪いっ、俺のことを隠してくれっ！」

順位表の前に大勢の生徒がひしめいているのを利用して、俺はさっと長身の花月の後ろに隠れる。

黒田先生は気がつかないで通り過ぎてゆく。

と、安心したその瞬間——。

「不破、僕のリーダーの試験、非常によくできてたけど、出席番号を書き忘れてたみたいだから三点引かせてもらったよ。だって、入試で自分の受験番号とか書き忘れたら不合格になるだろう？　これは愛のムチ。三点で済んでよかったと思って」

……………………。

「さ、涼ちゃん、元気を出してっ。このところ、愛のムチ続きみたいだけど、そんなこと気にしちゃだめだよっ。もうすぐクリスマスなんだからねっ」

そうだよな…悠里の言うとおりだ…もうすぐ…クリスマスだもんな…。

田崎のお父さん…お店のママ…悠里のお兄さん…お世話になった伯父さん、伯母さん…。

みんなに何か贈り物をしたい。

自分がサンタクロースになれるクリスマスは、幸せな一年が過ごせた証拠だ。

今年も残すところ後わずか——。

＊

翌日の日曜日、俺は部屋の大掃除をしていた。

このところの試験勉強で、部屋は荒れ放題に荒れていた。

クリスマスも来るし、年末でもあるし、俺は念入りにあちこちを磨き上げていた。

そして母の想い出の品もまたきちんとダンボール箱に詰めて、押し入れの奥へとしまう。

しまう前にまた懐《なつ》かしくて、ひとつひとつ手に取ってしまう。

真珠の腕時計…リザードのハンドバッグ…ルビーとエメラルドのちりばめられた指輪…革の宝石箱…。

ツーピースの洋服は、畳んで別の箱にしまい、きちんと虫よけも入れておく。

と、その時だった。

いきなり携帯電話の着信音が鳴り出した。

俺は机の上に放ってあるそれを手に取って、即座に受信ボタンを押す。

「不破さんでいらっしゃいますか？」

女の人の声――。

「ええ…あ、はい…」

「先日は大変失礼しました。和光の貴金属売り場の者です。せっかく何度もご来店下さったのに、お力になれませんで…」

あっ、あのベテランの店員さんだ。

「あっ、こちらこそ、忙しい年末に大変なご迷惑をかけてしまって、申し訳ありませんでした。本当にごめんなさい」

「いえ、実は今日、お知らせしたいことがございまして——」

母の想い出の品を眺めている時に、またすごいタイミングで電話がかかってくるものだ。こういうのって、テレパシーの一種だろうな。あるいはシンクロニシティー。

「先日、お客さまリストをチェックいたしました時、生憎《あいにく》、不破さんのお父様らしきお名前は見つかりませんでしたが、つい先程、私、実は、指輪のサイズのお直し伝票ファイルに、不破さんのお母様らしきお名前を見つけましたもので…。あの、お母様は確か、不破里実《さとみ》さまとおっしゃいましたよね——」

「そうです、里実です。里に実ると書いて、里実です」

胸がどきどきしてくる。

「つい、お父様のことばかりに気を取られていて…お母様のお名前をチェックし忘れていたのです。慌てて調べましたところ、今日、昔のサイズ直しの伝票に、それらしきお名前を見つけましたもので…。実は、不破里実さまは、十八年前のクリスマス・イブにこちらにお越しになって、そのお直しされた指輪を受け取ってらっしゃるんです。指輪は『ミラクル・イブ』という名のクリスマス限定商品で…ルビーとエメラルドのちりばめられたものです」

「ええ、それ、母のものです。母はそれ、持っています」

なんてことだ…そんな記録が残っていたとは…。

「お母様、お店にあった十一号サイズを九号に直されているんです。それで…受け取り証には、お母様のサインがされています。えっと、十二月の二十四日の午後五時四十五分のご来店でした」

「えっ、なんで時間までわかるんですかっ」

「受け取り時間は、機械で自動的に打刻されるんです」

じゃあ、うちの母親は…イブの晩に…銀座に出かけていた。

きっと…一人じゃない…指輪を買ってくれたのは父親だ。でもサイズが合わなくて、直しに出して、イブの晩に受け取れるようにした。

二人が会う時だからだ。

普通、銀座で目印になる待ち合わせの場所といったら、三越デパートのライオンの像の前か…有楽町マリオンの大時計の前か…あの美しいショー・ウインドーを持つ和光の店先だ…。

「あの…もしもし…不破さん…」

「あっ、あの、わざわざ教えて下さってありがとうございますっ。本当に…本当に…すみませんっ、それ、ひょっとして、何かの手掛かりになるかもしれませんっ」

俺はものすごく興奮していた。体中の血が逆流するようだった。

これは俺にとっては、空が落ちてくるくらいに大変な発見だった。

俺の母親は俺が生まれる一年前のクリスマス・イブに、夕方、銀座の和光で俺の父親と会っている。

そしてそれが母と父の最後のクリスマス・イブだ。

待ち合わせは、きっと和光の前。

どうしてこんなことに確信を持つのかわからなかったが、俺の…父親は…きっと…。

想い出の場所に来る。

きっと来る…。

俺にはわかる。

母が現れないとわかっていても、来てしまう。

皇と同じなんだ——。

そこに母親が現れないことを百も承知で、一番楽しい想い出のあった場所に、この五年、毎年足を運んでしまう皇と同じ——。

父は俺の母が亡くなったことを知らない。

だから…ひょっとして…まだ…忘れられないとしたら…。

きっと来てしまう。

約束の場所に。

和光だったのか——。

幸福の選択　～The choice for happiness～

「あのさぁ、期末テストが終わって、あとは冬休みを待つばかりのこの時期に、二十四日の終業式前日まで授業があるのって、東京広しといえども、この秀麗学院くらいなもんだよね。ほとんどの高校って期末テストが終わったら、すぐテスト休みとかに入るらしいよ」

昼休み、悠里がお弁当のお握《にぎ》りをほお張っている。

「今時、週六日制の学校っていうのもすごいと思わへん…？　僕の友達、ほとんどが週休二日制の高校に通うとるわ」

桂木も近くにある椅子《いす》を持って来て、俺らと共にランチタイムだ。

「私は日曜日、あるいは春・夏・冬休み期間中に学校があったってオッケーです。学校があるところ不破涼あり。そして不破のいるところ、すなわちそこが私の天国」

「なっちゃん、縁起《えんぎ》わりーね。天国ってことは、涼ちゃんは生きてないってことだよっ」

悠里は即座に花月を睨んでいた。

真っ茶色の長い睫毛《まつげ》が、すっかり上を向いている。

「何をおっしゃいますか、悠里、天国ってことはつまり英語でヘブン。綴りはＨＥＡＶＥＮ。ほら、辞書を引いてみますとね、ヘブンは天国という意味だけではなく、すなわち『極楽』あるいは『神』なのです」

花月…せっかくお母さんが作ってくれた弁当にも箸《はし》をつけず、どうして辞書を片手にそんなことを説明しているんだ…。

そして悠里も悠里だ。

今、怒ってたはずなのに、なぜ相棒の言うことに深く頷き、その言葉を生徒手帳にメモったりしている。

こうなると俺は俺の作った、シャケ、卵焼き、ホウレン草のお浸《ひた》し弁当を食べることに専念した方がいい。

「でもさ、俺はベツに寮にいても、他にすることもないし、学校もあればあったで、来てやってもいいかなーくらいに思ってる。このところ、すっかり女カンケーも断ってるし」

やや屈折したものの言い方をするのは、速水だ。しかし、結局、学校が好きだと言いたいみたいだ。昨年まで、長いこと休学していた彼だが、今は嘘みたいに明るい。

「そうだね、俺もそうかもしれない…。まあ勉強とかは、他の高校よりややキツイかもしれないけど、ここに来ると必ず笑っちゃうようなことが起こるし…退屈しないよな、この学校、っていうか、このクラス？」

皇もうすっかり元気になって、俺らの側で購買部で買って来たサンドイッチを食べている。

だけど…この間は…本当に気の毒だった。

俺らが行かなければ、皇はいったいいつまであそこで待つつもりだったんだろう。

あのファミリー・レストランは二十四時間営業だ。

それを考えただけで、また胸が痛くなる。


そして俺は、その皇と似たようなことをこれからしようとしている。


父は見つかるだろうか。顔も見たこともない父のことを、俺は見つけ出せるだろうか。

今年のクリスマス・イブの晩、俺は銀座の和光の前で、来るはずもない人を、必死に探すのだろう。

思いつく限りのことは、すべてやってみよう。

見つからなければ、見つからなかったでいいじゃないか。

だってこのまま何もせずにはいられないんだ。

だけど俺は、不思議にへんな自信を持っていた。

母が…俺に…そこへ行けと言っているような気がして、これは、大きなチャンスのような気がして。

俺は今年のクリスマス・イブにすべてをかけてみる。

ありえないであろう奇跡にかけてみる。

「で、さあ、不破はどーすんの、今年のイブ。たぶんまた正門に懲《こ》りない女のコたちが、列をなしてプレゼント攻撃にかかるんだろうけど、どうせ不破は、裏門から変装してそそくさと帰るんだろうし…。俺が彼女らの相手をしてやってもいいけど、それじゃあの人たち納得しないだろうし」

速水が俺の弁当の梅干しを、箸でつまんで持っていきながら、そんなことを言う。

最近はすっかり健康志向になっているようだ。

「実は今年のイブは、私の家で超和風クリスマス会を開く予定なのです。我が家にサンタの入ってくる煙突はございませんが、その代わりに囲炉裏《いろり》が…。樅《もみ》の木の代わりに庭の大杉を提灯《ちょうちん》でライトアップ。キャンドル代わりに灯籠《とうろう》に火を灯《とも》し、玄関には松飾りをクリスマス・リース風にアレンジしてみます」

知らなかった…花月はまたそんな凝ったことを計画しているのか。でも行ってみたい。

「もちろん、どなたさまもれなくご招待です。ご都合、よろしければのお話ですが」

「なっちゃん、すごいね、そんなことを考えてたのっ。ってことは、僕ら、着物かなんかで行かなきゃだめ？　だって超和風クリスマスなんでしょ？」

「悠里、着物は我が家にうなるほどございます。もし、よろしければいつでも無料でレンタル可、です。悠里、実は可愛いのがあるんですよ。この際、袖《そで》を通してみませんか？　母が喜びます」

きっとまた悠里だけ、鮮やかな振り袖とかを着せられてしまうんだろうな…。

帯も後ろで大きくリボン結びにされて…。あのお母さん、そういうの大好きだからな。

そしてまたそういうのが気の毒なくらいに似合ってしまうのが、悠里だ。

「不破も絶対来て下さいね。クリスマスと言えば、美少年。美少年と言えば不破、不破と言えばクリスマスですから」

どうしてそんな、人をメビウスの帯みたいに…。

「あ…でも俺…その日はちょっと遅くなるかもしれない…遅くてもかまわなかったら、是非お邪魔したいんだけど」

「あっ…そ、そうでしたね、クリスマスと言えば、美少年ではなく、お店のかきいれ時でしたものね…。ごめんなさい不破、私、つい浮かれてしまって…」

仕事のことは極秘事項なので、そこだけ花月は声をひそめる。

実はその日の夜の仕事は、お店のママには申し訳ないけど休みを頂いている。その日は夕方から銀座に出て、俺は和光の店先で父を探すつもりだ。

何時に現れるかわからないので、夕方三時か四時くらいから待ってみようと思っている。無謀《むぼう》で無計画で本当にバカげたことだけど、もうこれしか方法がない。

でも、こんなこと誰にも言えない。

「いやあもう、不破くんも隅におけんなぁー。ひょっとして、本命の彼女がとうとうできたんとちゃう？　イブの日は、彼女とアツアツ、デートとか？　そうやろ？」

夜の仕事のことをまったく知らない桂木だけが、そう言って俺をからかう。

他のメンバー――花月、悠里、森下、皇、速水――は、言葉につまる。

もちろん桂木に俺が仕事をしていることを話したって、桂木はそれを誰にも言うような奴じゃないけど、こんなことはきっと知らない方が桂木のためだ。

秘密を共有させるということは、その人に心労という重荷を分けることになるからだ。

「桂木、デートって…お…俺の本命は、ほ、ほら、そうだ。このマフラーを編んでくれた、花月だ。なあ、桂木、見て、ここ、ここにLOVEっていう編み込みまでしっかり入ってるんだ。よくできてるだろ」

俺は、らしくもなく、このところ愛用のマフラーを鞄から取り出し、桂木に見せて冗談を言ってごまかす。

「りょ…涼…ちゃん…や…やっぱり…そ…そうだった…の…。ぼ、僕…か…完敗だね…なっちゃん…、お…おめでとう…。僕も編み物とか…できれば…よかっ…た――」

ハッ…悠里が…今まで食べていたお握りを、テーブルの上にごろりと落としているっ。

「悠里っ、違うんだっ！　そうじゃなくって、俺にとっては悠里も大本命で、悠里が描いてくれた絵なんて、俺の宝物で、あっ、あのさっ、そうだっ、悠里が中三の時に京都の修学旅行で買って来てくれた、清水焼《きよみずやき》の湯飲みとか、もったいなくて、今でも使ってなくて、大切にしまってあるんだっ」

「そ、そうなの、涼ちゃん？　じゃあ、涼ちゃんは二股《ふたまた》かけてたってことになるよねっ」

「いや、二股とかそういうことじゃなく、俺は、花月も悠里もみんな大事だってことだ」

「違うよっ、そーゆーのを世間じゃ二股って言うんだよっ！」


その時、桂木蒼は大反省した——。

自分がつまらない冗談を言ってしまったがために、今や天下の学年最高頭取は人生始まって以来の大ピンチに陥っている。

頭取には入学以来、約一年と九カ月、あんなにお世話になってきた僕やったのに。

例えば、制服のボタンが取れた時、すぐにつけてくれたり、試験前には、重要事項をまとめたノートを毎度コピーさせてくれたり、京都から来て、東京の学校に中々馴染《なじ》めなかった僕に、いつも変わらず声をかけてくれたのも頭取やった…。

そうや、先週なんて、僕は部活の臨時集会に出ないといけなかったので、トイレ掃除を代わってもらっていたじゃないか！　あっ、それに春先、秋口と、うちの茶碗屋が忙しい時に、棚卸《たなおろ》しの手伝いにも来てくれてはるのにっ。

僕って…僕って…なんてつまらないことを言ってしまったんや。

「まあまあ悠里、二股でも三股でも四股でもよろしいじゃありませんか。この日本のほとんどの方は、どう願っても、どうお金を積もうとも、その不破の股にはかけていただけないのが現状でしょう？　それをあなたはわかって言ってらっしゃるんですか？　あなたがおっしゃってることは、言語道断《ごんごどうだん》の贅沢以外の何物でもありませんっ」

俺、不破涼は、その花月の厳しい言葉に首を捻《ひね》りながらも、悠里の機嫌がよくなることを、切に願っていた。

「ハッ…そ…そうだね、なっちゃんの言う通りだよっ…。僕、なんか、自分が今までいかに人として奢《おご》っていたか、わかったよ。涼ちゃんっ、怒ったりして、ごめんねっ。こういう態度って、百六十八万年以上早かったよ。こんな僕だけど、少しでも涼ちゃんのお側《そば》にいられるだけで幸せだって思ってた初心に戻ることにするからっ」

そういうことじゃないと思う（そして百六十八という数字はどこからきているんだ？）。

しかし幼なじみはすっかり笑顔に戻って、落としたお握りを拾い上げ、くっついてしまった消しゴムのカスをはらいのけながら、またそれを引き続き食べているので、よかった。

そして俺はこうして、大勢の友達に恵まれながら、一年を終わろうとしている。

新しい年が、また穏やかで笑いの絶えない日々であるといい。

イブの夜、父に会えても会えなくても、この笑顔は忘れないでいたい。

たぶん会えないだろうけど…それでも自分は今、充分幸せだということを、忘れないでおこう。

大好きな学校に通えて、大勢の友人に恵まれて、仕事があって、三度三度ご飯が食べられて、ロンドンにも行った。アメリカにも行った…。

アパートに帰れば、なついてくれる猫もいる。

伯父さん伯母さんは、俺の身元を保証してくれて。

それに俺には、いつも俺のことを大事に思ってくれる、お店のママや、田崎のお父さんがいるじゃないか。

だから、元々いないも同然の父親だ――会えなくても、ショックなんて受けちゃいけない。

会えなくて当たり前だと思って、出かけなくちゃいけない。

そして、父がそこにいなければいないで、すぐに引き上げて、花月の家のパーティーに出かければいい。

なのに考えれば考えるほど、どうしていいのかわからなくなってくる。

期待しちゃいけないのに、期待で逆に押し潰《つぶ》されそうになっている自分がいる。

それでも俺は出かけて行くのだろう。

こんな自分をもう止められなくなっていた。

＊

そしてとうとう、イブの日が来てしまった。

この日が秀麗の二学期の終業式で、昼過ぎにアパートに戻った俺は、落ち着かないで部屋をうろうろしていた。

通常、放課後は俺の家に遊びに来る悠里だが、今日は花月の家に直行して、今夜のイブのパーティーの準備を手伝っている。

俺は、たぶん…父親に会えなければ…どんなに遅くとも…八時頃には…銀座を後にして…急いで花月の家に行く。

銀座に行く前には、田崎のお父さんの画廊に寄って、プレゼントを渡そう。

今年はムートンのスリッパと膝掛《ひざが》け。家の中でも暖かいように。

そして年末には、お父さんの家を大掃除に行こう。今年はいっしょに除夜《じょや》の鐘《かね》も聞くんだ。

それも約束してこよう。

店のママには、もうすでに昨夜プレゼントを渡してしまった。今年はモヘアのカーディガンだ。優しいママに似合いそうな色だったからだ。

俺は数少ない洋服の中から、それでも一番いいものを選んで着て行こうとしていた。

少しでも自分をよく見せたいのだろう…。そんなことを真剣に考えている自分が、なんだか可笑《おか》しかった。

と、その時、アパートの扉をコンコンと叩く音がした――。

いったい誰だろう…こんな時間に…。

そうか…新聞の集金かもしれない。年末だから、いつもより早めに取りに来るって、確か先月、集金のおばさんがそんなことを言っていた。

俺は、財布を片手に、慌ててドアを開けると。

「ごめんね、不破くん…突然に――」

俺は一瞬何と返事していいのか、わからなくなった。

「実は折り入って…本当に…折り入って…お願いがあるんだ…」

目の前に立っていたのは、あの優峰学院の副学長である、峰岸先生だった。

とても思い詰めた顔をしていた。

「あ…あの…ど…どうぞ…、こんな…狭くるしい…ところですが…」

もうだめだ…。

だってどうしてこの先生が俺の家を知っているんだ…？

「上がっても…いい？」

だって、もうすでにアパートまで突き止められていて、帰ってもらうわけにもいかない。

話をつけなきゃ…もう父親を探すどころの騒ぎじゃなかった。

峰岸先生は薄暗い玄関に、上等の革靴を揃えて上がった。

俺は六畳間の鴨居《かもい》に吊っていた洋服の数々をかき集めて、押し入れの中につっこむ。

「悪かったね…これから、出かけるところだった…？」

「いえ…違います…ちょっと掃除してて…」

夕方までには、まだ時間はいやってほどある。

落ち着いて話をしよう。

「あの…お願いします、俺が…俺がここに住んでいること、秀麗には言わないで下さいっ」

この先生なら、頼めばわかってくれるような気がする。

俺は矢庭《やにわ》に、そうお願いしていた。

「いや…実は…この間の話の続きなんだ…。不破くん、来学期から、いや高三からでもいい。優峰学院に編入してもらえないだろうか。この間話した通り、不破くんだったら、卒業までどんなことがあっても、授業料は一切取らない。希望するなら、一学期間、優峰イギリス校に留学できる。うちの学院は寮が完備されているから、食事の心配もない。放課後はアルバイトに行っても構わない。お願いだ。うちの学院に編入してほしい」

そこまで言って、峰岸先生は畳に額《ひたい》をこすりつけるようにして、頭を下げた。

「やめて下さい、先生、お願いです、そんなことはしないで下さい。それは、どんなに頼まれても、無理なことです。俺は先生のことも好きですし、優峰もとてもいい学校だと思ってますけど、秀麗にはたくさんの仲間がいますし、今更、転校なんてできませんっ」

「それは僕もわかっているよ…。でもね不破くん――こんな綱渡《つなわた》りみたいな生活は、いつか必ず破綻《はたん》を来《きた》すよ。君ほどの生徒だったら、もっと堂々と、何物にも脅《おび》えることなく、毎日を過ごしてゆくべきなんだよ…」

綱渡りの生活…？

先生は俺が他にも隠していることを知っている…。

「確かに…うちの学校はまだ秀麗ほどのレベルには達してないけど、今、どんどん伸びてきている。これから数年以内には、秀麗と肩を並べるほどの名門校になってゆくと思う…。ごめんね…君のことは、随分前から、ネットで知ってたんだ。どこかの女子高生が、東京の男子高校生のホームページを作っててね、君のことが事細かに書いてあったんだ…。秀麗学院のカリスマだって。すると、そこには姿形がすばらしく整っている高校生がいた。普通ここまで整っていたら、勉強はそっちのけで、遊びに走っていたりするのに、この彼は入学以来、秀麗でほぼトップを走ってきていると書いてあって、びっくりした…。だって秀麗でトップということは、東京でほぼトップということだろう？　そんな高校生がいるわけないと思って、どうせ女子高生が遊びで作るホームページだから、多少脚色しているのだろうと思って調べたら、実物はホームページ以上の人物だった…」

「調べたって…いったい、どういうことですか…そのために秀麗に視察に来たのですか？」

「いや違う、もっと前から…この夏前から調べてた。調査会社を使って調べてもらった。君が苦労して苦労して秀麗アメリカ校に留学したことも、知っている。そして、君の生い立ちや、夜の仕事のこと、独り暮らしのこと、伯父さん伯母さんのことも…すべて知っている。調べれば調べるほど、驚いて…。君はそれでも頑張っていて、学校ではすごく人望があって、人を魅きつけるものすごい力があって、君の学年は驚くほどよくまとまっている。こういう生徒がいれば、うちの学校はもっとよくなるのに、と思うと、君が欲しくてたまらなくなった…。学校はね、先生のよしあしもあるだろうけど、一人…。たった一人でいいんだ、ものすごいパワーを持った生徒がいれば、周りの生徒も見る見るうちに変わってゆくんだよ…」

だからなのか…二学期に入った頃から、いつも誰かに見られているような、つけられているような気がしてしようがなかったんだ。俺の勘は外れてなかった。

「今年の秀麗祭の時、君の写真を隠し撮りしたのは、知り合いの出版社に勤める、プロのカメラマンだ…」

「そんな…ひどいです…。勝手に人の写真を掲載して…」

「私は、高をくくってた…君はこんなに苦労をしているから、たぶんいい条件を出せば、簡単に優峰に転校してくるのではないかと思った。だったらその前に早めに君の宣伝をしておこうと思ったんだ。女のコの雑誌は、そういう意味でものすごい宣伝効果がある。もちろん優峰は男子校だが、女のコたちに支持される学校になるということは、男子生徒にとっては大きな意味を持つ。雑誌に君の特集を組むことによって、まず大々的に君のことを世間に知らせたかった。だって、いずれ近々、君は優峰に移って来るという自信があったからだ。その時はもう、秀麗とは授業交換の話はつけてあったので、あとは不破くんに会って、懇意になるだけだと思ってた。しかし、実際の君を見て、君は条件がよくても、簡単に心を動かすような人間ではないと知って…一旦は諦めた…人の心は機械を動かすようにはいかないからね…」

「じゃあ…なぜ、どうして…急に…今になって会いに来たりして…」

「頼む。優峰の生徒は今、確かにどんどん学力はついてきているが、機械ばかりに頼りすぎたせいか、心をどこかに置き忘れている。今回、秀麗の視察を終え、優峰に戻って、改めてそのことに気づかされた。実は、優峰はその偏差値が上がれば上がるほど、このところ中退者の数が激増しているんだ…。二学期が終わった今日の時点で、今年はもう四十五名もの自主退学者を出してしまった。私は…この事態を…どう収拾していいのかわからなくて…。自分はどこで間違ってしまったのか…わからなくて…」

「だからと言って、俺がそちらに転校すれば、どうにかなるって問題じゃないですっ」

「いや、君にはその不思議な力がある…。君の学年には以前数人の退学希望者がいたけれど、君はその生徒たちを助け、退学を思い止《とど》まらせてきた。私はそれも知っているんだ」

「先生、それは違います。学校は先生がしっかりしていないといけないんです。先生が愛情を持って、生徒を見てないといけないんです。生徒の力だけで生徒をどうこうできるものじゃないんです」

「そんなこと言わないで、不破くん…この通りだ…。私はずいぶんと長い時間をかけて、手の込んだことをしてきてしまったけれど、それもこれも、君が僕らの学校に必要だったからだ…どうか、うちの学院を助けてほしい」

　できない…そんなこと…どんなに頭を下げられても…それだけはできない。

「今朝…実は…君の…伯母さんにも…この話を…してきたんだ…」

　伯母に…何の話をだ…？

「君の…保証人である伯父さん一家が、今、経済的に苦しいことは、知っている…。それで、あちらの息子さんたちが…高校に通えてないことも、わかっている…。だけどあの息子さんたちもまだ十六と十八だ…。安心して学校に通ってないといけない…。それで私の方から、ご提案申し上げたんだ。高三の息子さんには、来学期から優峰に来ていただければ、すぐに大学の推薦状を書くので、奨学金の取れる大学に進めるようにする。高一の息子さんには、優峰の寮に住んで頂いて、学費の心配なく、これから高二、高三と優峰で過ごされたらどうかと。その話をしたら、伯母さんはとても喜んで下さったんだ」

それは…俺が、優峰に転校すれば、という話が大前提だ…。

「どうして…そんな…俺に…こだわるんですか…俺ごときのために…そんなにお金を使って…それで…学院がよくなるとは…限らないでしょう…？　学校はそんな付け焼き刃みたいにして、短期間で改良されていくわけじゃありません…。先生と生徒が、毎日、毎日、顔を合わせて、話し合って、揉《も》めたり、怒ったり、冗談を言ったり…笑ったりして…そういう些細な出来事の積み重ねで、出来上がって…ゆくんです…」

でも…伯母は…この申し出をありがたく思っている…。

伯父伯母の願いは、息子たちの幸せだろう。

下の息子は優峰に行きながら、仕事だってできる。

上の息子は、大学で奨学金をもらいながら、進学できる。

「私たちは、君が独り暮らしをしてようが、アルバイトで生活を立てようが、一切問題にしてない。私たちは、全力を挙げて、君が何の心配もなくこれから生きてゆけるようにするから」

ここまで言われたら、俺はもう何の選択もできなくなる…。

だって俺には、先日会ったあの伯母の、疲れ果て、見る影も無く老《ふ》けこんでしまった顔が頭から離れないんだ。どうにかしなきゃいけないって、ずっと思ってた。

「伯母は…この申し出を…受けたいと言ったんですか…」

「君に内緒で先に相談したのは、申し訳無かったけど、君の伯母さん…そういうことができれば、本当にありがたいですって…そうおっしゃって…」

「俺だって…伯父伯母にはとても世話になってきましたから、できれば何でもしてあげたい。でも、先生…こういうやり方は…」

「わかってる、本当に勝手なことをしている、でも、一生のお願いだ。優峰は今が一番大切な時で、改革が必要で…君の力を…貸してほしいんだ…。君が高校生のうちにしかお願いできないことなんだ…」

伯母はこんなことを…本当に喜んでいるだろうか…。ちゃんと直接聞いてみないとわからない。

俺は震える指先で、携帯のボタンを押した。

「伯母さん――」

「ああ、涼かい？　電話しようと思ってたんだよ。でも、先生がまず、自分から涼に話したいって言うから…連絡を待っていて…。今、そちらに優峰学院の先生が見えてるんだろ？

先程まで、その先生、うちにもいらしててね…。でも、いいのかい？　うちの息子たちの面倒まで見て下さるって言ってたけど…そんな話ってあるのかい…？」

「ええ…本当の話です…」

「でも涼…あちらさんは相当いい条件を出してくれるけど、転校だなんて、お前にとってはそう簡単なことじゃないだろう？」

「ええ…ですから俺も…今、考えているところです…」

「でも確かに、涼もいつまでも学校に隠し事ばかりしていても、精神的によくないからね…。私たちもどこまでかばいきれるか自信がないんだよ…。この機会に涼は少し楽になってもいいかもしれないよ…。優峰も、秀麗と肩を並べるくらいに、いい学校だからね…」

「ええ…ですから…俺も…前向きに…考えています…」

「でもね…だからといって、うちのコまで、世話になっていいものかどうか…。少し図々し過ぎるかと思うのだけど…いいものかね…もちろん、うちの息子たちも、このままじゃいけないし、学校のことをどうにかしなくちゃいけない時期にきてるんだけどね…」

「俺でできることでしたら…何でも力になりますから」

「力になるって、涼、でも、うちの息子のために、無理に転校することはないんだよ。ただ、涼がこれから一年ちょっと、秀麗で何事もなく平穏無事にやっていけるのかどうか私は心配で…。途中でまた、仕事のことやら、独り暮らしのことが学院にバレて、退学騒ぎになったりしたら、もうその時は引き受けてくれる高校もないのではないかと思って…それに、来年は高三という大切な時期だろ？」

それは…本当に…伯母の言う通りだと思う…。

次また何か騒動が起きて…その時…優峰に入れて下さいと言っても…それは余りにも、虫がよすぎる話だ。

俺はもうこの先のことを、真剣に考えないといけないのかもしれない。

電話口の向こうで、伯母さんが咳込《せきこ》んでいるのがわかった。

「あの…伯母さん…体の具合、大丈夫ですか…？」

「大丈夫だよ。もちろんまだ働きに出られるような状態じゃないけど、ゆっくり静養していくよ。心配しないでいいから」

「でも…人間、体が一番大事ですから…。大事にして下さい。あの…伯父さんもお元気ですか…？」

「ああ、あの人も今は人が変わったように、よく働いてくれてる…。今度はあの人が体を壊すんじゃないかとそればかりが心配で…」

伯父も今、本当に大変な時期に直面していた。

「でもどうか、伯父さんも無理なさらないように伝えて下さい」

風邪でもひいたのか、伯母の咳がとまらなくなっていた。これ以上話すのは気の毒だ。

「あの…じゃあ俺、また電話しますね。伯母さん、どうぞお大事に…」

どうせ、もう断りきれないだろう。

「涼も体を大事にするんだよ。若いからって、自分の体を過信しちゃだめだよ」

断れば、先生は俺が、独り暮らしをしていること、夜の仕事をしていることをすべて、秀麗に報告するのだろう。

選択の余地なんて、まったくないってことだ。

また胃がキリキリと痛んでゆく。

通話ボタンをオフにして、目の前にいる峰岸先生をぼんやりと眺めた。

先生は申し訳なさそうな顔で俺を見ていた。

「先生…俺は…いつだって…ただ…普通に過ごしたいだけなのに…その普通が、いつもこんな大変なことになってしまうんです…。俺は…そう多くは望んでないんです…。好きな学校があって、友達に会いにそこへ通って…ふざけて、笑って…普通の会話をして…。世の中のほとんどの高校生が考えることなくやっていることが…俺には…突然、いつも困難になったりするんです…。今まで、何度も何度もそういうことがありました。でも今回はもう、本当に…だめですよね…。親がいないってことは、どうして…こんなにも…俺の人生を…複雑にするんでしょうか…。先生、それがなぜかを俺に、教えてくれませんか…。普通で当たり前のことが、どうして俺には、いつもそうではなくなってしまうんでしょう…」

俺の人生は、これからもこういうことの繰り返しなんだろうか。

…私は日曜日、あるいは春・夏・冬休み期間中に学校があったってオッケーです。学校があるところ不破涼あり。そして不破のいるところ、すなわちそこが私の天国…

…とにかく不破がいると、私は幸せなんですっ…

…涼ちゃん、僕つくづく無理して秀麗に入ってよかったって思う。

この頃、毎日、毎日が、宝物みたいに大切なんだ…

…涼ちゃんがいると、次々奇跡が起こるよ…

…不破、元担任の生徒さんは永遠に先生の生徒さん。

そして先生のお願いは、神のお願いにも等しいんだから、頼むね…

…はいこれ、ごくろうさま、カツ・サンド買ってきたから、お三時にしようね。

不破はコーヒーにミルクも砂糖も入れるんだよな…

「二人揃っていれば、なんて言いません…。たった一人でいいんです。たった一人でいいから、俺に親がいれば…よかったって思います…」

俺はつい、本心をさらけ出してしまった。

伯母たちを助けないといけないってわかっているのに、だけど中々思い切れなくて、こんなことを言っている。

でも…もうここが、俺の限界だった。

他に選ぶ道はないんだ…。

学校を移ろう。移るだけのことだ…。

秀麗のみんなとは、ただ…毎日のように会えなくなるだけだ…。

友達じゃなくなるわけじゃない。

そう決心した直後のことだった。

「ふ、不破くんっ、いったいどうしたのっ——」

切《さ》り裂かれるような痛みが、腹部に走っていた。

自分でも自分がどうなっているのかわからなかった。

俺は畳の上に蹲《うずくま》り、激しい痛みと闘っていた。

いったい…俺…どうしたんだ…どうしよう…余りの痛さで気が遠くなる…でも…ここで…意識を…失うわけには…いかな…い…。

ああ…でも…もう…だめだ…。胃から何かが込み上げて、吐いてしまって、それが喉《のど》につまって息が苦しい……。

でも…もう…いい…もう秀麗に…通えないのなら…もう…どうなってもいい…んだ…。

「不破くんっ、不破くんっ、しっかりしてっ、今っ、今、救急車呼ぶからねっ！」

救急車…。

救急車なんて呼んだら…秀麗に連絡が行ってしまう…。

それに俺は保険にも入ってないから…病院なんかには行けないんだ…。

「やめて下さいっ、俺のことなんて放っておいて下さいっ、救急車なんかに乗るわけにはいかないんだっ。俺はこのまま…秀麗に…通うから…。だって…ここに…住んでいることとか…バレたら…困るっ…。俺のこと…このままにしておいて下さいっ…俺…本当はもう…どこにも行きたくないんだっ…。先生は…わかってないっ…俺は…俺だって…ただの…十六歳の…高校生なのに…。どうして放っておいてくれなかったんですかっ」

俺は…いったい…何を…叫んで…いるのだろう…。

サイレンの音が身近に聞こえる…。

「不破くん——不破くん、しっかりしてっ！　不破くんっ、不破くんっ、どうしたのっ!!

不破くんっ——!!」

幸せの鐘が鳴る　～Holy Night～

あ…ちょうど六時になった…。銀座・和光の閉店とともに、その建物の天辺にある大時計が、ロンドンのウェストミンスターと同じ音色を響かせていた。

俺は…クリスマス・デコレーションの施《ほどこ》された、そのショー・ウインドーの前に立っている。

ちっとも寒くなんてない。

行き交う人の顔は、幸せに満ちている。

ケーキの箱を抱えて、我が家に急ぐ人の姿も多い。

俺は…もうすぐ…きっと…父親を見つける。

すると銀座四丁目の角にある地下鉄口から、その人は上がってきた。

品のいい紺のカシミアのコートをひるがえして――靴もピカピカに磨かれている。

すぐにわかった。だって、俺にそっくりだったから。

お父さん――。

そう言おうとする前に、その人が、俺に駆け寄ってきた。

「涼――涼だね…会いたかったよ…こんなに大きくなって…」

すると、その瞬間、今までずっと放っておかれたことなんて、全部許してしまっていた。

母親が亡くなったことも話さないといけない。

今、秀麗学院に通っていることも教えてあげたい。

伯父、伯母には長いことお世話になったことも言わなくては。

お父さん――あなたなら、伯父の家族を助けてあげられますね。

そうしたら、俺…もう少しだけ…秀麗に通えそうなんです…。

助けて下さい…お父さん…。

俺のことを助けて…。


助けて…。

助け…


「不破くん、不破くんっ、大丈夫かっ――」

誰かが俺を呼んでいた。

あたり一面、真っ暗闇に包まれる。

消えている…銀座も…和光も…お父さんも…消えてなくなってしまっている…。

「不破くん――悪かったね――本当に悪かった――僕は自分のことばかり、考えていて――本当に悪かった――許してほしい――」

お父さんの声じゃない…。

お父さんはさっき、俺を不破くん、だなんて呼んだりはしない。

ここはどこだ――。

一瞬にして目が覚めた。

「あ…峰岸先生…俺…どうしたんです…。なんで、こんなところに…」

どうしてこんなことになってしまっているんだ?

病院だ――。

「申し訳ない、不破くんっ。本当に悪かった。僕が君に転校を強制したりするから…こんなことになってしまって…どうか許してほしい。ストレス性の急性胃炎だそうだ…僕が突然あんなことを頼みに行って、不破くんに、あまりにも大きなショックを与えたからっ…」

峰岸先生が、俺のベッドの横で頭を下げていた。

俺もすぐに半身を起こす。寝ている場合じゃない。

そうか…そうだった…俺は…さっき…激しい胃の痛みに襲われて…。

優峰学院に転校しようと決めた直後のことだった。

胃が切り裂かれるような痛みだった。

「すみませんっ、俺、迷惑かけたんですね…。ストレス性の胃炎なんて、しょっちゅうやってるんです。先生のせいじゃありません」

でも、もちろん、あんなひどい痛みは初めてのことだった。

「いや…僕こそ…許してほしい…、この年になって、本当に大人気ないことをしてしまった。さっきも言った通り、今年になって優峰の中退者が余りにも増えるので、学長である父から、副学長の座を降りるように言われてて…。それで、僕としては最後の策として、秀麗のトップである君に来てもらって、学内改革を図ろうとしたんだ…。でも…それは間違っていた…。君は…ただの…ほんの…十六歳で…、君には君の大切な毎日があるのに、伯父さん一家が経済的に苦しいのを利用して、君を獲得しようと躍起になって…。さっき、救急車で運ばれてゆく途中の君が…『黒田先生……鹿内先生……花月……悠里……みんな……助けて……』って、何度も何度もそう言って…苦しんでいて…。初めて…自分が…とんでもないことをしていることに気がついた…」

峰岸先生が涙まじりに、そう言った。

でも…俺が…優峰に行かなかったら…伯父夫婦の息子はどうなるんだ…。今のままでいいわけがない。

「いえ、俺、ごめんなさいっ、違うんです、そうじゃないんです、俺、優峰に行きますので、もう決めましたのでっ、すみませんっ、俺の従兄弟《いとこ》たちのこともどうかお願いしますっ」

大変なことになった。

俺が無意識に本心をさらけ出すから、何もかもがだめになってしまう。

せっかく少しは伯父さんたちの力になれるところだったのに。

「違うんだよ、不破くん——。さっき君の携帯に、その従兄弟の弟さんの方から電話があって…。僕がその電話を取ったんだけど、彼、すごく怒ってた。優峰なんかに行く気はさらさらないって。自分は自分の高校があるんだって。今は学校を休学中だけど、今年いっぱい働いて、三学期からまた通学するって、恩着せがましいことをするなって、ものすごい見幕で怒られた…。お兄さんの方も同じだって。大学なんていつでも行けるって。今はそういう時期じゃないって。僕は、何を自分勝手に動いてたんだろうって、恥ずかしくなる…」

嘘だ…じゃあ、あの二人は、べつに今のままで、構わないのか…。

それだったら…俺も…今更、学校なんて変わりたくはない…。

「不破くん…どうか全部…忘れてほしい…僕がしてしまったこと…すべて…。僕には副学長の座なんて、まだまだ何十年も早かったんだ。そんなことは、秀麗を視察した時にもう気づいていたのに…。過分な役職にしがみついてしまった…。どうか、許してほしい…」

「いいえ、先生、許すだなんて…俺こそ…何の力にもなれなくてごめんなさいっ、先生にはあんなにお世話になったのにっ…」

「いや…僕がバカだったんだ。自分のすることに、自信を持ち過ぎて、人の気持ちがわからなくなっていた。副学長の座はいったん降りて、これからは初心に戻って、一教師として生徒たちに接してゆくよ。そして不破くんがさっき、黒田先生や鹿内先生の名を呼んだように、僕もいつか、生徒にそうやって助けを求めてもらえるような、先生になりたい…」

峰岸先生の涙は本物だった。

この先生はいつかきっと、優峰になくてはならない大切な人となる。

「じゃあ俺…これからも…秀麗学院に通っても…いいですか…」

恐る恐る訊いてしまった。

「もちろんだよ…君が無事、あの学校を卒業できることを、祈ってる。そしてもし、何か本当に困ったことがあった時は、遠慮なく僕に相談して。どんなことでも力になるから――」

「じゃあ…俺…本当に…本当に…今のままで…いいんですね…」

あまりに嬉しくて、涙が溢れてきた。

「ごめんね…不破くん…とんだクリスマス・イブにしてしまって…」

その峰岸先生の言葉に、俺は大変なことを思い出す。

ああ…どうしよう…外は…外はもう…真っ暗だっ…。

「先生っ、今、いったい何時ですかっ！」

その俺のあまりの狼狽《ろうばい》ぶりに、先生も驚いている。

「な、何か約束があったの？　五時三十分過ぎだけど…」

だめだ、もう、間に合わない。

どうしよう…お金もない…ここはどこだ…。

「どうしたの、不破くん、大丈夫？」

「先生っ、ここ、どこですかっ？」

「君のアパートのすぐ近くの、救急病院だよ」

「俺…すぐ戻りますからっ…。戻ってから治療代、清算しますからっ…。俺…今、行かないと…今、行かないと間に合わなくなるっ…」

「間に合わないって、何に間に合わないの。だって、いったいそんな体で…」

俺は峰岸先生の言葉を最後まで聞かずに、病室を飛び出していった。

病院の前ですぐにタクシーを拾って、アパートまで走ってもらった。そして、お金を取って、またそのタクシーに飛び乗った。

駅まで行ってもらって、ＪＲの改札をかけ抜けた。

イブの夜は道路が混雑するから、きっと電車の方が速いに違いない。

でももう五時四十八分だ…和光は六時で閉店してしまう…。

もう…だめだ…きっとだめだ…。十二分で銀座に行けるわけがない。

ＪＲから地下鉄丸の内線へ…地下鉄丸の内線から、地下鉄銀座線へ。

俺は自分がコートも着てないことに気がついた。

しかも、いつもの普段着。

こんな姿で、父親に会いに行こうとしているのか…？

なんでこんなことになってしまったんだろう。

奇跡なんて起こるはずがないのに。

そんなことは、初めからわかっていたはずなのに。

六時三十九分——ようやく和光にたどり着いた。

店はとうに閉店しているが、その美しいショー・ウインドー前では大勢の人が待ち合わせをしている。

俺はその人たちの中に父らしき姿を必死に探す。

父はきっと四十代…あるいは五十代だ。

そういう男の人が、人待ち顔で立っていないだろうか。

いた…。三人くらい…いる…。

一人はトレンチ・コートのサラリーマン。

もう一人は、落ち着いた黒のコートの中年の紳士。

最後の一人は、スーツに暖かそうな半コートを羽織っている。

三人が三人とも、俺の父親に見えてしまう。

声をかけてみようか…俺の母親のことを知っているか訊いてみようか。でももう少し様子を見てみよう。誰かと待ち合わせていたら、俺は何と言い訳をするんだ？

待ち人が来ない様子で、この場を立ち去ろうとしたら、訊いてみればいい。


そして、その待っている数十分の間に、その三人の前に友人とか奥さんとか同僚らしき人が現れて、連れ立っていなくなってしまった。

だけど、そうしている間にも、また新たな中年の男性が一人、また一人と現れる。

そして俺は、息を殺して、またその一人一人の様子を窺《うかが》っていた。

和光の七時の鐘の音が鳴り響く。

街は幸せなクリスマス色に彩《いろど》られていた。

いけない…夕方、田崎のお父さんの画廊に寄って、クリスマス・プレゼントを渡そうと思っていたのに…。あまりにも慌てていて、何もかもアパートに置いてきてしまっている。お父さん…今頃どうしているんだろう…。


たくさんの人が待ち合わせをしていると思ったけれど、八時を回るとさすがに、人は少なくなっていった。

イブの日の夜八時に待ち合わせをする人なんて、いなかった。

たいていその時間はみんなで食事をしたり、家でパーティーを開いていたりするんだ。

和光の前の三越デパートのライオンの像の前で待つ人の姿も、ほとんどいなくなっていた。


俺が…もっと…早くに…和光に着いていたら…あるいは…間に合ったかもしれない。

俺はどうして、いつだって…こんなに間が悪いんだろう…。

あんなに前から、計画していたことだったのに。

今日の昼からずっと準備していたのに。

田崎のお父さんに買ってもらった上等のコートを羽織って、それとお揃いのカシミアのマフラーもして、ロンドンのハロッズで買った、俺の宝物であるハロッズ・ロゴいりの手袋をして、秀麗に通っていることも教えたかったから、生徒手帳も持って行こうと思っていて、革靴も前の晩から磨いていて、靴下も新しいのを下ろそうとしていたのに。

こんなはき古しのジーンズに、スニーカーで来てしまった。

なんでだろう…。

こんな見窄《みすぼ》らしい高校生、きっと誰も、自分の子供だなんて思いたくはない。

もう行こう…こんなところに立っていたって、誰も来やしない…。

花月の家のパーティーに行くんだ。

そして、俺はそこで、何もなかったかのように、今日あったすべてのことを忘れるんだ。

元々いない人に会えないんだから、当たり前のことじゃないか。

空っぽのキャラメルの箱を落として、泣きわめく子供がいないように——すべて忘れてしまえばいい。

と、その時だった——。銀座四丁目の交差点に、一台のタクシーが止まり、和光のショー・ウインドーの前へとやって来る。

あの人だ…。

間違いない…。

だって、さっき夢の中で見た人に、そっくりだ。

品のいい紺のカシミアのコート。

ピカピカに磨かれた靴。

その人は懐かしそうに、和光の店先を見渡していた。

感電したようなショックを覚えた。

俺の体は勝手に、その人の前へと向かっていた。

その中年の紳士は俺を見ると、びっくりしたように、こう言った。

「どうしたの、何か僕に用、かな…？」

とても優しい大人の声だった。

「あの…えっと…待ち合わせ…ですか…」

その人は俺の質問に不思議そうな顔をした。

「あの…俺、不破です…。不破涼です。不破里実の息子です」

「え…何…どういうこと…？　君…僕に用なの…？」

「不破里実って…ご存じですよね…」

「ふわ…さとみ…さん？」

「俺の母親です」

「ふわ…さとみ…って…えっと…聞いたことがないけれど…いったい、どうして僕に…？」

違う、この人はきっと、ごまかしているんだ。

俺が息子だってことがわかって、必死にごまかしている。

俺の存在を認めたくないから。

するとその時、和服の中年女性が、駆け寄ってきた。

「宏之《ひろゆき》さん、ごめんなさい、遅くなってしまって…なかなか店じまいできなくて…」

ヒロユキさん…？

俺のお父さんのはずなのに、涼って名前はまったく使われてない。

「あら、可愛い方ね、宏之さんのお知り合い…？」

この人…俺の父親なんかじゃない。

「ごっ、ごめんなさいっ、俺、すっかり人違いをしてしまったようですっ」

勝手に思い込んで…俺はとんでもないことを見ず知らずの人に尋ねていた。

「いや、いいんだよ。それより、君、ここで誰か人を探してるのでしょう？」

その中年紳士は怪訝《けげん》な顔ひとつせず、逆に俺のことを心配してくれていた。

「いえ、俺…すみませんでした…すっかり勘違いしてしまったようです。驚かせて、ごめんなさい」

「それならいいけど…寒くない…？　君…コートも着ないで…」

「いえっ、いいんですっ。構わないで下さいっ。すみませんっ」

情けなくて、涙が出そうだった。

「じゃあ、元気だしてね、メリー・クリスマス…」

しまった。

優しいその人は、また銀座の大通りでタクシーを拾うと、和服の女性とともに立ち去ってしまった。

俺はすっかり力が抜けて、ショー・ウインドーの前でとうとうしゃがみこんでしまった。

そしてようやく、何かが鳴っているのに、気がついた。

ジーンズのポケットにつっこんであった、携帯電話がさっきからずっと鳴っていた。

表示を見ると、花月からだった。着信ボタンを押すと——。

「不破、今、どこにいらっしゃるんですか？　もう、みんな集まって、大盛り上がりに盛り上がっているところなんですよ。九時前にはうちに来られるっておっしゃってたのに…大丈夫ですか…？　ケーキとか食べちゃいますよ」

九時…ああ…そう言えば、今、九時だ…。

頭上では、また和光の時計が鳴り響いている…。

「不破——？　大丈夫ですか…？　あれ…今、どこにいらっしゃるんですか…？」

「俺…もうちょっと、もうちょっとだけ時間が…かかりそうなんだ…。ごめんな…ケーキ、先に食べておいて…。俺…何時になるかわからないけど…必ず行くから…」

「何時になるかわからないって…不破…だって、今日は仕事、八時で上がるって言ってたでしょう…？　あの…何かあったんですか…？　そこ…車の音が騒々しいけど…いったいどこにいるんですかっ？」

「本当に大丈夫だから…心配しないで…。ちょっと田崎のお父さんのところに寄って行くから…そしたら、すぐに、花月んちに行くから…」

クリスマスに暗い声なんて、出してはいけない。

花月は勘がいいんだ…何かあったとすぐに気づいてしまう。

「あ、そうだ花月…えっとさ、何か必要なものがあったら言って？　食べ物とか果物とか、そうだ、クラッカーとか花火とか、そういうものが欲しかったら、俺、買って行くから。あ…でも冬に花火はないか…」

「何を言ってます、不破、今、私たちに必要なものは、あなただけでしょう。そんなものはどうでもいいですから、早く来て下さいね」

「うん…わかった…俺…急いで行くから…」

そう言って、携帯のスイッチを切ったけど、もう足がどこにも動こうとしなかった。

俺は一人、また一人と少なくなってゆく、銀座四丁目の和光の店先でしゃがみこんだままだった。

するとと…信じられない…白いものが…ちら…ちら…と、空から落ちて来るじゃないか。

雪だ…。

地面に落ちては、あっと言う間に吸い込まれ、消えてしまう。

俺のかすかな希望も、この雪のように消えてしまった。

母も消えて、父の手がかりも消えて…。

初めからいない人なんだから、期待するのはやめようって、あんなにきつく自分に言い聞かせてきたのに。

見つからなければ見つからないで、すぐにこんな場所を引き上げて、花月の家に行って、みんなでイブの夜を過ごそうって思っていたのに。

いったい俺は…何時間、ここにいるつもりだ…。

また、和光の上の大時計が鳴り響いていた。

もう十時を回ってしまった。

どこにも行きたくない。

俺はずっとここで待っている。

お父さんは、絶対ここに来たんだ…。

きっともっと早い時間にここに来ていたんだ…。

俺がもたもたしているから、会えなかったんだ。

何でお母さんは、俺一人を残して逝《い》ってしまったんだ。

どうしてそんなに急いで逝く必要があったんだ。

いったいどこに行ったら、俺は父親に会えるんだ…。

それとも、その人はやはり会ってはいけない人だったのか…？


また長い時間が経っていた。


「涼――」

和光の前に、一台のタクシーが止まった。

見ると、一人の紳士が車を降りてきた。

俺はその人を見ると、立ち上がり駆け出していた…。

「どうしたんだ涼、こんなところで…寒かっただろ…」

俺は、目の前に現れたお父さんに、抱きついてしまった。

「待ってたのに…ここがきっと想い出の場所だと思って…ずっと待ってたのに…来なかったんです…俺がバカだから…もっと早く来ていれば、会えたかもしれなかったのにっ…俺の父親…来なかったんですっ…」

「可哀想に…こんなに冷えてしまって…まったく…涼のお父さんはいったいどこで、何をしてるんだろうな…。こんなにいい子が、探しているっていうのに…まったく…何て人だ…」

俺を抱きしめて泣いてくれるのは、田崎のお父さんだった。

「なっちゃんたちが、心配してたよ…涼がなかなか来ないって」

「どうして、ここが…わかったんですか…」

「なっちゃんがさっき涼と話した時、電話口から、和光の時計が九時を鳴らす音が、聞こえたんだそうだ…。それでおかしいと思って、私に電話をくれてね…。それから駆けつけた…。私の息子はこんなところにいたんだね…たった独りで…」

その時、バタバタと走ってくる、複数の足音が聞こえた。

見ると、花月に…悠里だ…それに皇…速水…森下…桂木…まで…いる…！

みんなコートも着ないで、こんなところに来て…パーティーの途中だったはずなのに…。

「何しとるん、不破くん、あかんなぁ、こんな寒いところで、天下の秀麗プリンスがイブに雪まみれなんて、もったいないわ」

桂木が涙をこらえながら、冗談を言った。

「そうだよ、不破――不破は体脂肪率低いんだから、人より寒さが堪えるだろ？　もう帰ろう、こんなところでフラフラしてると、また女子高生らにバシバシ写真を撮られて、新年号かなんかの巻頭に載せられるぞ」

速水は怒るようにして、そう言った。その目にも涙がいっぱいだった。

「不破くん、今日、花月くんちの近くに、コンビニがオープンしてたんだ。僕、オープン記念の来年のカレンダー、二つもらってきたから、後で一つわけるよ。七福神《しちふくじん》が描いてあるカレンダーなんだ…。だから来年はきっと、いい年になるよ…」

森下のコバルト色の瞳が、ゆらゆらと揺れていた。

「何してんだよ、不破、こんなところで…。これじゃ俺に言ってることとまったく違うじゃないかっ…。こういう時は、いつまでも独りでいちゃいけないんだろっ？　そういうために俺たちがいるんだろっ？　違うかっ？」

皇は俺の気持ちが一番よくわかるのか、涙を拭《ぬぐ》いもせずにそう言った。

相当慌てて来たのだろう。眼鏡をどこかに置いてきたらしく、モデル時代の姿のまま、銀座の街角に現れていた。

「そんなことより、皇、お前みんなに見られてるよ…イシマエルってこと、バレてるよ」

「何を言ってますか、見られてるのは、あなたでしょうっ！　こんな東京のど真ん中で、美少年がフラフラしてて、さらわれたらどうしますっ。ったく、いつもいつも、どーしてこんな心配ばかりかけるんですっ。今日という今日は…この私っ…この私はねっ…」

花月はそこまで言うと、後はもう言葉にならなかった。

俺にわっと抱きついて、大粒の涙を零《こぼ》し始めた。

また…とんでもない心配をかけてたんだ…。

「でもね…涼ちゃん…いつかきっと会えるよ。神様はそんなに意地悪じゃないからね。たぶん年末だから、神様も色々と忙しかったんだよ…。でもいつかきっと涼ちゃんの願いを叶えてくれるはずだよ。だって、涼ちゃんほど心の温かい、他人《ひと》のことばかり考えている優しい人間が、幸せになれないはずはないからね。それほどこの世は腐《くさ》っちゃいないんだから」

いつもは真っ先に泣き出してしまう悠里が、俺の目を見てしっかりと励ましてくれる。

「でも…お願いだから…ちょっとだけでも、こういうこと…話してよね…。今夜、涼ちゃんがどこにいるのか、わからなくなって…電話も出てくれないし…僕たちもう…どうしていいのか…わかんなかったんだからっ」

そしていつものように、わっと泣き出してしまう。

こんなに大勢の人に心配をかけて…俺は本当にバカだった…。

こんなところで動けなくなってしまって…、どこにも行けなくなってしまって…、来るはずのない人を待ち続けて…。

「でもまあみんな、もうそろそろうちの涼を、許してやってね。ああ、いけない、いけない、結構、雪が降ってきた。これではみんな、風邪をひいてしまうよ…」

お父さんが、俺の頭の雪をハンカチで払ってくれる。

「お父さん…、我が家でこれから本格的にイブの続きをしますので、どうぞよろしかったら、花月の家にいらして下さい。じゃないと、不破が寂しがりますので…」

花月はもう笑顔に戻って、田崎のお父さんを誘っていた。

「じゃあ、少しだけお邪魔しようか…。涼、行こうか…風邪をひいてしまうよ…」

お父さんは自分の着ていたコートを、俺に羽織らせてくれる。なんてあったかいんだろう…。そして俺は何をしてたんだろう…こんな優しいお父さんがいながら、来るはずもない人を待ったりして…。

見ると、銀座の交差点に大きなバンが止まっていた。

中には花月のお父さんである家元が、待っていた。

真っ白のバンは、二人のお父さんと、六人の友達を乗せて、粉雪の中を走ってゆく。


街中が静まり返ってゆくその中で、遠くに聞こえるのは、またあの大時計の鐘の音だった。

Silent Night
Holy Night

十六歳のクリスマス・イブが始まろうとしている——。

大勢の優しい友達に囲まれて。

神様はきっと、忙しかっただけ。

☆

☆　もうひとつのクリスマス・イブ　☆

「佑子さん、お疲れになりましたでしょう…？　時間がこんなに押してしまって…すみません。せっかくのイブでしたのに…」

黒塗りのリムジンは、都内某所を走っていた。

「いいのよ…年末に暇なようじゃ、女優もおしまいだからね…」

女優・鮫口佑子は、ぼんやりと外の景色を眺めていた。

「でも、とにかく今回の新春特別五時間大河ドラマ、あれはいい作品になりますよ…。脚本も素晴らしかったし、共演者も最高の女優・俳優陣を揃えてましたしね…」

鮫口佑子の付き人、安西満津子《あんざいみつこ》は満足げに言った。

今回の主役の座は、彼女が必死にドラマ製作会社から勝ち取ってきたものだった。

「満津子ちゃんこそイブなのに、私の仕事に付き合わせちゃって、ごめんなさいね。ご主人、怒ってらっしゃらない…？」

「いえ、あの人も同業者ですので、相変わらず忙しくて…。その代わり、お正月は二人ともゆっくりできますから、構いません。それより私、佑子さんの付き人になれて、毎日、本当にやりがいがあって楽しいんですよ」

満津子の声には、嘘偽《うそいつわ》りがなかった。

東京郊外にあるテレビ局のドラマ・スタジオから、都心に戻ってゆくその景色の中は、どこもかしこもクリスマスのイルミネーションで彩られていた。

赤や緑…そして金色にライト・アップされたクリスマス・ツリーが、そこここの家の窓辺に飾られている。

クリスマスを家族と過ごせなくなって、もう何年になるのだろう。

佑子は時々、自分の選んだ人生に自信がなくなってしまう。

「あっ——と、停めてっ…停めて下さるっ、運転手さんっ？」

佑子は逆方向の道路沿いにあるその店を見たとたん、思わず声を上げてしまった。

リムジンは佑子の声を聞くや否や、路肩へと寄って静かに停車した。

「佑子さん…どうかしましたか…？」

付き人は心配そうに女優の様子を窺った。

「ね、満津子ちゃん、コーヒー、一杯だけ飲んでいかない…？」

満津子は、佑子が指さした二十四時間営業のファミリー・レストランを見て、いえいえ、だめだめ、いけません、と大きく首を横に振った。

「無理ですよ…佑子さん…あんな大勢の集まるところ…。すぐに鮫口佑子だってわかって、大変な騒動になります…それに、天下の鮫口佑子がファミレスだなんて…」

そう言われることはわかってはいたが、すぐには諦めきれなかった。

「佑子さん…あともう少し行けば六本木《ろっぽんぎ》ですから、いつものお店でお茶しましょう…？　明日の打ち合わせもありますし…。あと、二十分くらい走ればすぐですから…」

付き人は、女優の横顔に寂しさを見て取ったが、願いを叶えてやることはできなかった。

そして、申し訳ないとは思ったけれど、運転手に車を出してもらうように促《うなが》した。

「あの…でも…ちょっと待って運転手さん…。お願い…もう少しだけ…もう少しだけ、ここにいさせて…あと三分、いえ、一分で構わないから…」

雪が降っているのにも気づかなかった。

佑子はぼんやりと輝く、その懐かしいファミリー・レストランをいつまでもいつまでも眺めていた。

十二年前に別れたきりの、愛する息子の姿を思い浮かべながら。

Silent Night
Holy Night

完

あとがき

お久し振りです。九月に『高校王子』という新シリーズを出して以来なので、約四カ月振りでしょうか？　あるいは、秀麗《しゅうれい》シリーズのみ読んでらっしゃるという方とは、七月以来なので、半年振りです！　お元気でしたか？　半年振りの涼《りょう》はいかがでしたでしょうか。ちょっとまた、私、やり過ぎちゃいましたでしょうか？　やり過ぎたよね…やっぱり…（若干反省&冷や汗タラリ）。しかし、内容が重くなってはいけないと思い、今回かなり意識的に笑いの部分を盛り込んだつもりですが、でもやっぱり、キツかったよね…。

でもまあ、涼、花月《かげつ》、悠里《ゆうり》&今回は速水《はやみ》、桂木《かつらぎ》、森下《もりした》、皇《すめらぎ》と色々な仲間の絆《きずな》も深まって、よかったのではないかと思うのです。それにしても皇クンには、ちょっと気の毒したかな、とやはり少々反省…。その代わり、最後にその皇クンをフォローする、ショート・ストーリーを入れてみました。やはりあのままで終わるのは酷《こく》かと思って。

まあそんなこんなで秀麗の年末も過ぎてゆきます。涼はきっと冬休みを花月や悠里の家、あるいは田崎《たさき》さんの家を巡って、楽しく過ごすだろうと思いますよ（ナイス・フォロー）。

さて、今回のお話の中に、パソコンやインターネットのことを少し書かせて頂きましたが、私は機械類が苦手で、そんなことを書ける身分じゃないのですが、もの書きのお友達のAさんに色々と尋《たず》ねて、かなり助けて頂きました。彼女はパソコンに詳しくて、私のパソコンの生神さまなのですが、その生神さまに尋ねる私の質問もすごかった。

七海「あのね、英会話のソフトって、ワープロのフロッピー・ディスクみたいなの?」

Aさん「じゃなくて、CDロムになってるんですよ」

七海「え…ロム…ロムってなに…ゴムでできてるの…?」と何もかもがこのようなレベルの質問で、さすがのAさんも嫌気がさしたと思います。あとがきの場をお借りして、お詫《わ》び&御礼申し上げます。Aさん、すみませんでした、でも助かりました。ありがとう。

そしてまたもやお詫びしないといけないのは、おおや先生です。先生、本当にごめんなさい。原稿が大幅に遅れてしまったため、暮れのお忙しい時に、大変な思いをさせてしまいました。申し訳ありません。すみませんでした。そしていつも本当にありがとうございます。

そして編集部の皆様にも御礼申し上げます。今年一年、大変お世話になりました。皆様のお力を頂いて、こうして一年を終了できますこと幸せに思います。そして秀麗シリーズを好きでいて下さる読者の方々にも、本当にありがとう。どうぞ皆様、よいお年をお迎え下さいね。来年三月一日、高校王子シリーズの第二巻でお会いできたら嬉しいです。実は先日ようやくペーパーを作りました。花月と涼が中心です。よろしかったら送りますね。

七海花音《ななうみかのん》

「少年聖夜」のご感想をお寄せください。
♡おたよりのあて先♡
七海花音先生は
〒101―8001　東京都千代田区一ツ橋二―三―一
小学館・パレット文庫　七海花音先生
おおや和美先生は
同じ住所で　おおや和美先生

七海花音
ななうみ・かのん
12月21日東京都渋谷区で生まれる。現在は東京郊外在住。血液型A型。三人姉妹の真ん中。幼い頃はニューヨークで過ごし、小・中学校は東京。高校はサンフランシスコのクリスチャン・スクールに通った。上智大学外国語学部卒。趣味：着物雑誌を読む。食事中、ビデオ録画したサスペンス系の二時間ドラマを観る。映画も好き。歌舞伎にもよく行く。しかし一度原稿を書き始めると、近くのコンビニにすら行けなくなる閉鎖的な生活をしている。現在パレット文庫より、聖ミラン学園物語シリーズと秀麗学院高校物語シリーズ、高校王子シリーズを大好評発売中！　また角川書店・ティーンズルビー文庫より、櫻ノ園高校物語シリーズ①②を発売中。

パレット文庫
少年聖夜　秀麗学院高校物語⑮

2001年2月1日　第1刷発行

著者
七海花音
発行者
辻本吉昭
発行所
株式会社小学館
〒101-8001　東京都千代田区一ツ橋2-3-1
編集 03 (3230) 5455　販売 03 (3230) 5739
印刷所
凸版印刷株式会社

ISBN4-09-421175-6

第23回 パレットノベル大賞 入選者発表!!

第23回パレットノベル大賞にご応募いただき、まことにありがとうございました。

20世紀最後のパレットノベル大賞入選発表ですが、残念ながら入選者は出ませんでした。応募総数116点のうち、一次通過者は5作品。どの作品も文章は読みやすかったのですが、発想やキャラクターにオリジナリティーが欠けており入選へとつながりませんでした。また、登場人物の会話だけでストーリーをつくるのではなく、もっと細部の描写をしっかりすると物語に深みが出てくると思います。

今回一次通過された5人の方々は、作家としての資質はあると思います。既存の作家にはない新しい発想ができるのが新人作家です。自分だけの言葉や物語を生み出せる小説家だけが生き残っていくと思います。次回こそ大賞を目指し頑張ってください。

パレット文庫編集部では、皆様からのたくさんのご応募をお待ち申し上げております。パレット文庫から小説家になってみませんか!?

大　賞　**佳　作**　**努力賞**　**期待賞**　**該当作品なし**

第一次審査通過作品

「夜鷹」	兵庫県・石沢あきらさん
「恋せよ小町」	静岡県・神谷幹子さん
「大神伝説」	埼玉県・鎌田真由美さん
「臙脂」	大阪府・野原みどりさん
「てのひら」	兵庫県・神波　和さん

以上5名の方には、パレット特製テレホンカードを差し上げます。


次回のパレットノベル大賞の締切は、2001年6月30日（当日消印有効）です。

明日の作家を目指し、頑張ってください!!

Palette **1月の新刊**

ロストボーイズ③

月の香り 闇の匂い

白城るた

イラスト／みのおひなせ

修学旅行先の京都。高１の景斗が慕う先輩の夏月が行方不明に。人外の者に拉致されたらしく…。

秀麗学院高校物語⑮

少年聖夜

七海花音

イラスト／おおや和美

天涯孤独の涼は、亡き母の形見を手掛かりに父を探す。クリスマスイブに奇跡は起こるのか!?

来月新刊のお知らせ

パレット文庫

卒業Mワールド　GIZOKU
漆黒の封印 下巻
有栖川ケイ
イラスト／柳沢テツヤ

言《こと》の葉《は》使《つか》い
岡野麻里安
イラスト／明神　翼

こゆるぎ探偵シリーズ①
若旦那・空を飛ぶ
たけうちりうと
イラスト／今　市子

快感♥フレーズ　N.Y編
高橋ななを
原作・イラスト／新條まゆ

※作家・書名など変更する場合があります。

2月1日(木)発売予定です。　お楽しみに!